LOTHAR WITTMANN

Eine unheilige Familie

Die Geschichte der Wimmers

Bibliografische Information der Deutschen Nationalbibliothek:
Die Deutsche Nationalbibliothek verzeichnet diese Publikation
in der Deutschen Nationalbibliografie; detaillierte bibliografische
Daten sind im Internet über http://dnb.dnb.de abrufbar.

© 2019 Lothar Wittmann
Satz, Umschlaggestaltung, Herstellung und Verlag:
BoD - Books on Demand, Norderstedt
Grafik Umschlag: Mega Pixel/ Shutterstock.com
ISBN: 978-3-7481-5849-3

Inhalt

Kleiner Essay zur Familie – als Vorwort

Max Wimmer, mein geschätzter Kollege, hat mir einmal erzählt, er trage schwer an seiner Familie. Nach den Gründen gefragt, wich er aus mit: »Das ist eine längere Geschichte!«Er hat dann aber doch bereitwillig erzählt, und er hat, um mich von der Schwere der Last überzeugen zu können, mit etwas Typischem begonnen:

Als sein Vater, Alf Wimmer, einmal meinte, hier bestimme er, er sei schließlich der Mann, meinte seine Mutter, Martha Wimmer: »Gut, dann bestimme nur, aber such' dir dafür eine eigene Wohnung und eine andere Frau!«Der Vater versuchte gar nicht erst noch mehr zu bestimmen. Man sieht, in der Familie ist rollenspezifisches Mannsein anstrengend, denn bestimmen ist nicht einfach und durchregieren geht gar nicht. Das kennen andere auch, aber bei den Wimmers ist es sehr ausgeprägt. Max ist Psychologe gewesen und betont, heute im Ruhestand keiner mehr sein zu wollen. Der Verfasser gehört der gleichen Profession noch aktiv an und meint, Max deswegen ziemlich gut zu verstehen. Als Empathieberufler darf man das schon denken! Wie berechtigt das ist, sollen andere überprüfen. Weil Psychos immerzu über sich nachdenken und immer Angst haben, was zu vergessen, hat Max eine Menge Aufzeichnungen gesammelt und Kommentare zu verschiedensten Ereignissen verfasst. Und um nichts zu vergessen und voller Gedanken über das Leben an sich, bin ich nun hinter seinen Erinnerungen her und will um Gottes Willen nichts vergessen. Die Sachen sind mir in die Hände geraten, als ich als Feriengast in seiner Ferienwohnung an der Nordsee den dänischen Ofen anzünden wollte. Wie immer war das Wetter nordseefrisch, als wollte es mich darauf hinweisen, dass man bei Nordseeferien schon immer von Sommerfrische sprach. Als verweichlichter Städter erhoffte ich mir die Errettung vom Frösteln durch den Ofen. Eine zerfledderte Mappe beim Anzündholz erregte meine Aufmerksamkeit. Ein Blick in die Mappe, die voll war mit Familienerinnerungen, brachte mich auf den Gedanken, solche Erinnerungen auch über meine Familie mal durchzusortieren. Fast schien es mir auf den ersten und flüchtigen Blick, dass Erinnerungen meiner Familie so ähnlich sein könnten! Dann aber guckte ich genauer. Der zweite und gründlichere Blick zeigte mir, dass das gewiss nicht meine Leute sein könnten. Schade dachte ich, die Wimmers sind interessanter als meine Leute. Ja, die Episoden dieser Familiengeschichte sind so herzerwärmend, dass ich ganz vergaß anzufeuern. Die Mappe blieb heil, und Max hat mir sogar erlaubt, alles hier aufzuschreiben. Dass er seine Erinnerungen so »achtlos«neben den Ofen gelegt hatte, war Anstiftung zur versehentlichen Entsorgung. Als ich ihn auf seine Achtlosigkeit mit kritischem Unterton ansprach, knurrte er nur zurück, dass er als Achtsamkeitstherapeut ja wohl wenigstens als Pensionär das Recht auf ein wenig Achtlosigkeit erworben habe. Der Feriengast sollte daran schuld sein, dass eine bemerkenswerte Familie in Rauch aufging. Nichts könnte sein ambivalentes Verhältnis zu seinen Leuten besser zeigen. Ich habe ihm stattdessen die Blätter abgerungen. Da er auch meine langweilige Familie kennt, konnte ich ihn damit bauchkitzeln und überzeugen, dass ich seine Leute und ihn ungeheuer interessant finde – im Gegensatz zu mir und meinen Leuten. Das hat ihn überzeugt, denn die andere Seite des verächtlichen Abtuns seiner Familie war der heimlich genährte Stolz, ja Narzissmus beim Schwelgen in den Erinnerungen an diese besonderen Leute.

Mit einem leicht sauertöpfischen Gesicht erzählt er von der Frauenpower bei den Seinen. Bei den Wimmers gibt es viel öfter Doppelherrschaften mit Clanchefinnen und Clanchefs als Einpersonenspitzen. Clanchef und -innen nenne ich die jeweiligen ungekrönten Oberhäupter, die über viel mehr herrschen als nur über eine Kernfamilie. Egal, wie man das Kindchen tauft, ob Familie, Stamm, Sippe oder Clan, die Probleme bleiben gleich. Es geht immer nicht nur um die »Blutsverwandtschaft« mit vielen Haupt- und Nebenlinien, sondern auch um dieses »Wir-Zeugs«, das Gemeinsame, Identitätsstiftende gegenüber den anderen, den Fremden. Dass das in der DNA verankert sein soll, mag ich kaum glauben. Zu oft kann man sehen, wie schnell das Gemeinsame in Familien endet, wenn der äußere Gegner schwächelt oder auch wenn es ans Erben geht. Bei den Wimmers gibt es ein solches Schwächeln nicht. Sie halten zusammen, obwohl kein Gegner sie zusammenschweißt. Sie haben nämlich eine probate Lösung für die Harmonieerhaltung darin gefunden, dass sie möglichst weit auseinanderwohnen und sich selten sehen. Aber auch diese Familie muss in jeder Generation wieder einen großen Schock verarbeiten. Jedes Mal kommen Wildfremde als Gatten, Lebensabschnittspartner oder Gespielen (alles drei auch -innen) dazu, und aus der einen Familie wird eine Doppelfamilie, meist sogar eine Mehrfachfamilie bei mehreren Kindern und mehreren Partnern. Der Integrationsaufwand ist immer hoch und nicht selten misslingt das Unterfangen:

Als Urgroßvater Rodolfo um 1850 herum als italienischer Mineur in die Fichtelgebirgsgegend kam, verliebte er sich unsterblich in eine Minna aus der Wimmerlinie. Er war nicht nur ein Strahler, der an Ochsenkopf und Fichtelberg nach edlen und halbedlen Steinen suchte, er war auch eine strahlende Erscheinung, stattlich von Gestalt, mit einem herrlichen Garibaldi-Vollbart geziert, mit schwarzen Locken und rehbraunen Augen. Die blonde und ranke Minna, Schulzentochter aus Weißenstadt, war auch nicht zum »Von-der-Bettkante-Schubsen«. Sie war von Rodolfo hin und weg. Singen konnte der Kerl auch noch! Umwerfend dieser Charme, diese Lieder zu ihrer Anbetung! Zum Beerensammeln war sie in den Wald gezogen, wo Rodolfo schon erwartungsvoll Amorelieder summend auf sie wartete. Aus Liebe wurde ein Kind. Die leichte Wölbung des Bäuchleins von Minna schien bei Rodolfo seine vorübergehende Amnesie aufzuheben. Er erinnerte sich plötzlich an seine Frau und seine drei Kinder in Bergamo und ward nicht mehr gesehen. Er verschwand ohne ein Abschiedsständchen einfach so. Beruflich und gebirglich hat er sich wohl wieder mehr den Abruzzen zugewandt. Minna bekam nach der Geburt ihres Söhnchens einen dicken Eintrag im Kirchenbuch: »Mutter in Sünde, Vater unbekannt (welsch, Katholik?).«Das süße Kind soll schon bei der Geburt wunderschöne dunkle Löckchen gehabt haben. Aber der Vater fehlte nun mal. Mit anderen Worten: Integration misslungen. Der Kleine wurde auf den Namen Rudolf getauft. Rudolf wurde dann der Vater der Großmutter von Max väterlicherseits. Den Vatersnamen hatte ihm seine Mutter trotz schlechter Erfahrungen verpasst. Ein bisschen Durcheinander war auf jeden Fall auch im Stammbaum angerichtet. Es hätte von Rechts wegen mit Pellegrino weitergehen müssen, es blieb aber bei Wimmer. Also von wegen Vater unbekannt. Und prompt ging es auch bei der Hochzeit der Großmutter Johanna nicht ganz mit rechten Dingen zu, denn Max' Vater war ein Viermonatskind.

Die Liebe zu Italien war in der Familie ungebrochen, es gab da eine Erblinie, die pastalastig war. Max' Mutter stürzte sich schon in den Sechzigern mit Begeisterung auf italienische Märkte. Das ging ohne viel Sprachkenntnis. Die brauchte es im gestenreichen Handelsgeschäft nicht. Ein bisschen »grazie«, »prego«und »troppo caro«reichten völlig aus. Gerade das »zu teuer«war beim Feilschen unabdingbar. Sie sorgte dafür, dass sein Vater grummelnd aber gehorsam erstandene Schnäppchen auf der Rückbank seines DKW 3/6 stapeln musste und stöhnend an die Rückfahrt den Brenner hinauf dachte. Es gab noch keine Brennerautobahn. Alfs Rache kam nach dem langsamen und mühsamen Serpentinenaufstieg mit wiederholten Stopps zum Abkühlen des Motors. Dafür konnte er dann bergab rücksichtslos durch die Kurven knüppeln. Die sonst nicht sehr zur Frömmigkeit neigende Mutter begann jedes Mal zu beten. Das Wie-du-mir-so-ich-dir-Grundprinzip der Wimmerfamilie zeigte sich hier sehr deutlich. Wenn sie sich zu sehr über seinen Fahrstil mokierte, brummelte er nur: «Sei doch froh, jetzt wirst du wenigstens auf der österreichischen Seite beerdigt!» Max' Gekichere von hinten wurde rüde abgeschnitten mit: »Halts Maul und halt die Ware fest!« Geradezu begeistert erinnert sich Max der essbaren Bestandteile der Beutezüge seiner Mutter. Während vorne gestritten wurde, konnte er hinten in aller Ruhe Nüsse, Früchte, Schokolade, auch Coppa, Oliven und Käse verkosten.

Max ist umgetrieben von der Frage, wo seine Leute herstammen. So kommt er an verschiedenen Stellen auf den mythischen Ursprung aller Familien zurück und sinniert über das Paradies. Verallgemeinernd schreibt er:

»Familien können paradiesische Harmonie bieten oder das, was die erste Paradiesfamilie gegen Ende ihrer Paradieszeit geboten hat: dumme Lügen und Tricksereien, gefährliche Ernährungsgewohnheiten, Feigenblätter, Umwege zum Sex, jähe Erkenntnisse, Neid, Exilierung. Bekanntlich kam es dann noch schlimmer mit Mord und Totschlag. Gewiss, wenn man das Paradies verloren hat, lebt man ab sofort im Mangel. Doch die Erkenntnis kam erst nach der guten Paradieszeit. Denn kaum hatten Eva und Adam vom Baum der Erkenntnis schnabuliert, gingen ihnen die Augen auf. Und prompt kam der Ausweisungs-beschluss. Also müssen sie vorher ziemlich stumpf und unwissend durch ihren Garten Eden gestapft sein. Warum dieses »Früher«besser gewesen sein soll, ist ein typisch religiöses Rätsel.«So weit Max zu den Roots.

Die Verklärung von früher gibt es sogar ein bisschen in der Familie von Max; es gelingt den Altvorderen aber meist nicht besonders gut, die rebellischen Jungen vom »früher war alles besser«zu überzeugen. Weil all die eben genannten Auswüchse von den lächerlichen Feigenblatt-Tangas bis zu Sodom und Gomorrha, die aus der Folklore der Paradiesfamilie stammen, bei den Wimmers nur gedämpft auftreten, und kaum über das Verlorene gejammert wird, muss man nach ihrer wahren Herkunft fragen. Zumindest stellt Max die Frage. Weil die Nostalgie über das Verlorene bei seinen Leuten nicht so ausgeprägt ist, stammt Max' Familie dann überhaupt aus dem Paradies? Vielleicht gibt es da neben den Eva- und Adamleuten auch noch ein paar außerparadiesische Luzifer-Leute. Sie könnten sich später so gemischt haben, dass man sie gar nicht mehr unterscheiden kann. Ich vermute mal, nach der Lektüre der Erinnerungen, bei seinen Leuten sind ein paar Luzi-Leute dabei, wobei ich zugestehen muss, dass ich einige auch bei meinen Leuten finde.

Es gibt sie ja reichlich und überall und sie zeigen typische Sprachmuster, die sie entlarven. Zum Beispiel sind ganz sicher auch Luzi-Leute unter denen in der Politik, die nach einer Wahlschlappe demonstrativ-paradiesvergessen (»wir sollten nicht zurückschauen«) und schlamasselorientiert (»wir haben verstanden«) nur nach vorne schauen wollen.

Die Familie der Wimmers hier ist ein offenes Buch. Es liegen jede Menge Berichte vor, akribisch gesammelt und erzählt von Max Wimmer. Ich folge seinem Narrativ. Das Nacherzählen ist nicht anstrengend, denn lebendig erzählt wurde bei den Wimmers schon immer und unermüdlich. Und in der von mir gefundenen Mappe ist alles fein säuberlich aufgezeichnet. Manches ist reich ausgeschmückt, hin und wieder allerdings finde ich auch mal eher dürre Worte in den Blättern. Also habe ich nicht nur seine, sondern auch fremde Erinnerungen geplündert und beigetragen, was mir sonst noch so einfiel. Ich sage jetzt aber nicht, wo was ganz authentisch ist und wo die Erzählung sogar einem Faktencheck standhalten könnte. Es geht hier nicht um Histori-e. Eher schon um Hysteri-e – aber dazu später mehr. Herausgekommen ist eine Familiensaga, wie ich sie vielleicht hätte von meinen Leuten berichten können, wenn ich eine interessantere Familie gehabt hätte. Schön für mich beim Aufschreiben war, dass ich Max einfach anrufen konnte bei irgendeiner Unklarheit, und sofort hat er erzählt. Die Wimmers haben das Problem, nun so schnöde geoutet zu werden, darum habe ich sie auf Wunsch von Max ein bisschen getarnt. Auch mit den

Namen habe ich getrickst. An seine und meine Leute gerichtet möchte ich ausdrücklich sagen: Kein Lebender muss verschnupft reagieren und niemand muss die Ehre der Toten retten, sollten mir Anekdoten dazwischen gerutscht sein, die Wiedererkennungswert haben. Wer sich also meint wiederzuerkennen und wer Ereignisse glaubt zuordnen zu können: April April! Alles Fiktion! Nur die Gegenden stimmen so ungefähr. Auch Dystopia braucht schließlich einen Ort! Vorwiegend handelt es sich um Franken. Nicht das Franken des Frankenreichs, sondern die nordbayerische Ecke, in der fußkranke Völkerwanderer zurückgeblieben sind. Liebliche Flusslandschaft am Main, Hügel und Gebirge, Wälder, herrliche Bratwürste, Wein und mehr Brauereien als im restlichen Europa zusammen. Ein schönes Fleckchen Erde, das zu loben und zu preisen wäre, wäre es nicht voll mit Dauerbenachteiligten, die auch Besuchern ihre Unlust an Neuem und an Fremden nicht verhehlen. Also fahren Sie besser nicht hin oder nur kurz. Die Residenz in Würzburg, der Bamberger Dom, die Nürnberger Altstadt, die Plassenburg in Kulmbach, die markgräfliche Rokoko-Oper in Bayreuth, geht alles an einem Tag und dann nichts wie weg. Oder wollen Sie etwa zu den Wagner-Festspielen nach Bayreuth? Gut, kann man mit Essen bei Herrmann in der »Post«in Wirsberg verbinden, wenn man zwei Jahre vorher einen Tisch bestellt. Neuerdings wirkt der legendäre Wirt zur Festspielzeit auch im Schwimmbadkiosk. Das geht auch ohne Vorbestellung.

Schon der berühmte schwäbische Tourist Viktor

von Scheffel aus dem 19. Jahrhundert hat über Franken gedichtet:

» ... umrahmen Berg und Hügel die weite stromdurchglänzte Au, ich wollt mir wüchsen Flügel!«

Warum wohl Flügel? Weg wollte er! Da ich selbst aus der Ecke stamme und früh ausgewandert bin, kann ich die Fluchten von Max gut nachvollziehen. Die sogenannte Frankenhymne von Scheffel war mir schon als Kind merkwürdig erschienen, da ich das Wort »Au«nur als Schmerzwort kannte.

Max Wimmer schaffte es später zu entkommen, nicht mit Flügeln, sondern mit einem uralten Skoda, der noch aus der Panzerfertigungszeit des tschechischen Werkes stammte. Aufbruch: erst nach Nordhessen, dann später weiter nach Norddeutschland.

Die altdeutschen Spruchweisheiten unter den Kapitelüberschriften habe ich entnommen aus:
»Der gepfefferte Sprüchbeutel«
Alte deutsche Spruch-Weisheit/gesammelt von Fritz Scheffel, Alexander Duncker Verlag, München *1951

Lothar Wittmann
Hamburg Juli 2019

Wer seine Familie mehr liebt als sich selbst, ist ein guter Mensch, wer sich selbst mehr liebt, ist ein Mensch mit Zielen, und der Mensch, der allen beiden mit Vorsicht gegenübertritt, wird lebensklug genannt

(Kirgisische Weisheit vom Autor)

Das Leben der Eltern ist das Buch, aus dem die Kinder lesen

(Augustinus)

Zusatzbemerkung des Autors: Mit abnehmender Leseneigung schrumpft auch die Erinnerung und mit dieser Schrumpfung wächst die Wiederholungsgefahr

Vorgeschichte

Du kennst deyn Sippschaft? Erb erst mit ihnen.
(Altdeutsche Spruchweisheit)

Mit einem Paradox beginnt Max die Vorge-
schichte, nämlich mit dem Widerspruch
zwischen der unendlichen Auffächerung
eines Stammbaums und den wenigen Stammmüt-
tern und -vätern.

Eine Familie, das sind, wenn man rückwärts auf
den Stammbaum schaut, sehr viele. Alles Verwandte
bis zurück zu den sagenhaften 3,2 Millionen Jahre
alten Knochen der Urmutter Lucy, jener Ur-Eva
aus Äthiopien. So viele Brüder, Schwestern, Eltern,
Omas und Opas und so viele Ur-Ur- irgendwas! Es
ist schon merkwürdig, dass man vier Großeltern
hat, acht Urgroßeltern, 16 Ururgroßeltern usw. Bei
zwanzig Generationen kommt man in die Millionen.
Irgendwie hakt die Logik, weil man weitergehend zu
so vielen kommt, wie gar nie gelebt haben können.
Max sinniert darüber schon lange und fragt sich, ob
wir auch mit Geistern verwandt sind. Ja, muss die
Antwort lauten, zumindest mit demografisch-statis-
tischen Geistern! Oder landen wir beim Rückwärts-
blicken in einem Abgrund von Inzest und kommen
damit der Vorstellung von dem einen Urpaar wieder
näher? Verrückt, dass wir rückwärts immer mehr
Verwandte aufmarschieren lassen können, aber am
Ende auch wieder bei nur einer Person, der sagenhaften Lucy aus dem Afar-Dreieck, landen. Noch

schlimmer ist, dass wir noch weiter zurück bei einer einzigen Zelle landen, die mit einem Fettring ihre RNA geschützt hat und sinnigerweise LUCA (Last Universal Common/Cellular Ancestor) heißt. Die Forschung behauptet das, und Max beschäftigt das. Wir müssen das gar nicht verstehen. Es sind auf jeden Fall über all die Jahre hinweg viele Vorfahren. So viele, dass sie die Landschaft zustellen können mit ihren Erdhöhlen, Baumnestern, Ställen, Blockhütten und Wohntürmen, Fabriken, Villen und Penthouse-Wohnungen. Mit leicht süffisantem Grinsen führt Max ergänzend aus: »Würden sich die Gräber alle öffnen, was für ein Gedränge, wenn die geschätzten 108 Milliarden Homo sapiens in der Landschaft rumstehen würden! Sie könnten alles, was wächst, zertrampeln und müssten sich am Ende gegenseitig verspeisen. Gut, dass der Großteil unserer Lieben längst wachstumsförderlicher Dünger geworden ist, der Rest zertrampelt noch genug.«Wenn ich, von seiner kritischen Betrachtung angesteckt, mal nur auf meine Leute gucke, von früher und von heute: Oh je, ich finde so viele, die den Ton angeben wollen, aber nur den Misston hervorbringen und sich für einzig halten. Mischpoche, bucklichte Verwandtschaft und einzig? Gibt es nicht Idis überall und Genies, die auch noch sympathisch sind, praktisch nirgendwo? Max Wimmer hängt so wenig wie ich einem xenophoben Meine-Leute-Patriotismus nach. Natürlich ist Blut dicker als Wasser. Da stimmt auch Max zu, nicht ohne hinzuzufügen: »Vor allem, wenn es ganz dicke kommt, merkt man das. Da stirbt man dann dran.

Gut, in Wasser ersaufen geht auch.«Aber Familie: Einzig? Das ist schon sprachlich deswegen unsinnig, weil es so viele sind. Und weil die Familie in ihrer Fruchtbarkeit eine Keimzelle der Gesellschaft ist, ist die Gesellschaft manchmal mit furchtbarer Fruchtbarkeit und gewissermaßen krebsartig wuchernden Problemen überfordert. Dabei denke ich jetzt weniger an missratene Kinder, überforderte Eltern, durchgedrehte Alte, Missstimmung allerorten wie in einem Ryanairflieger. Ich denke mehr an die mediale Spiegelung und Vergrößerung dieser familiären Metastasen in Fernsehprogrammen und asozialen Medien. Es ist wohl so, dass Intelligenz und Kultiviertheit nicht mit der Wachstums-geschwindigkeit von Familien mithalten können. Sollte die Familie wirklich die Keimzelle des Staates sein, dann erklärt sich so manches, was am Staat kritisiert wird, von selbst. Der Staat ist wie seine Familien und er bekommt die, die er verdient hat. Die Wimmerfamilie ist überall hin ausgewandert und manchmal – aber naja, nur manchmal in melancholischem Weltschmerz – fragt Max sich: »Über wie viele Länder der Welt wird positiv gesprochen? Sind das vielleicht die Früchte meiner Familie? Haben sie überall einen dysfunktionalen Misston hingebracht?«

Die Wimmers sind im Kern deutsch, d. h. sie denken über alle anderen schlecht, aber sie leisten sich selbst ganz schön viele Flops. Trotz der abträglichen Gedanken über Fremde hat man das exogame Heiraten von Fremden nicht aufgegeben. Vielleicht aus tiefempfundenem Misstrauen gegen den eigenen

Genpool, vielleicht in passagerer Verblendung, was nach seiner abgeklärten Meinung gemeinhin mit dem Begriff »Liebe«umschrieben wird? Die Analyse des Stammbaums zeigt neben Liebesheiraten auch viele Vernunftehen, die Ehen der geschäftlichen Synergieeffekte, der abgewehrten Bankrotte und des gemehrten Mehrwerts. Max zitiert dazu Marie von Ebner-Eschenbach, die das wenig freundlich, aber treffend auf den Punkt gebracht hat: »Eine Vernunftehe schließen, heißt ... alle seine Vernunft zusammenzunehmen, um die wahnsinnigste Handlung zu begehen, die ein Mensch begehen kann.«Wer waren diese verrückt Verliebten oder vernunftgeleiteten Wahnsinnigen? Soweit ich zurückblicke, finde ich in der Ahnenreihe der Wimmers keinen richtigen Gangsterboss, General, Warlord, König oder Ähnliches. Also mithin auch keinen richtig Reichen, aber jede Menge durchschnittlicher, nach Geld gierender und sicherheitsstrebiger Besserwisser. Max ist eine Ausnahme, zumindest bezeichnet er sich selbst als »Gierverächter, Geldidioten und Erbeverschmäher«. Gut er bezeichnet sich so, sein Haus auf dem Lande hat er aber mit einem nicht verschmähten Erbteil bezahlt. Eines sagt er selbst, gilt für diese Familie immer: In allen Generationen produziert sie zwei miteinander verwobene Sorten Mensch, die ehrgeizigen, gernegroßen Aufsteiger und die wenig lebenstüchtigen Mitgeschleppten und Mitversorgten. Manchmal sind die beiden Typen auch lebensphasenweise in einer Person zu finden, manchmal werden sie exogam erheiratet, aber sie bilden sich auch spontan in jeder Generation neu.

Urzeit

*Die Gelegenheyt grüßt manchen und
beut ihm die handt/
will er nit /
so weist sie ihm den hintern.*
(Altdeutsche Spruchweisheit)

Das erste Blatt in der Erinnerungsmappe ist eine handgeschriebene Reflexion von Max über die frühen Zeiten:

Als vor Jahrmillionen die anderen vom Baum stiegen – es war sicher ein Affenbrotbaum in der afrikanischen Savanne mit vielen, leicht angegorenen Früchten –, da blieb einer seiner Vorfahren erstmal oben und behauptete steif und fest, nur die Übersicht behalten zu wollen. Schwankend hing er in den Ästen, wo er sich reichlich bedient hatte und blieb im oberen Stockwerk an einer Astgabel festgekrallt. Und wenn er dann doch fallweise herunterkam, erinnerte er sich später nicht mehr an den Grund, krabbelte aber – ernüchtert ob der Härten des Daseins – schleunigst wieder nach oben.

Bei der Erfindung des Rades soll er von oben herab lauthals gekräht haben, dass sie das alle noch bereuen würden, weil ab jetzt alles wegrollen würde, auch die Zukunft.

Zum Feuer hatte schon ein anderer Ahn kommentiert: «Was für ein Aufwand wegen ein bisschen Kruste». Das Schicksal setzte ihn ins Unrecht, denn der Blitz hat ihn getroffen, er soll aber ganz lecker gemundet haben und musste gar nicht erst aufwendig zubereitet werden.

Bei trübem Wetter in den Himmel blickend meinte ein anderer Urahn, der dem Steinkeil treu geblieben und äußerst kulturpessimistisch war, dass es ein solches Scheißwetter erst gebe, seit sie mit Pfeil und Bogen schießen. Der menschengemachte Klimawandel war auch da schon ein heißes bzw. nasses Thema. Natürlich wird der geneigte Leser sich fragen, woher ich das wissen kann. Nun, das eben Geschilderte aus Max Wimmers Aufzeichnungen und Reflexionen. Manches war ein bisschen ergänzungsbedürftig. Er hatte gerade mal wieder keinen Bock auf seine Leute und ist in den Quellenangaben ein bisschen schlampig. Ja er war ja so weit gegangen, Unfertiges dem Ofen überantworten zu wollen. Da musste ich auch andere Quellen nutzen, die den Fortschrittsskeptizismus näher beleuchteten.

Es gibt einen schönen Beweis für die Kontinuität dieses Fortschrittsskeptizismus der Wimmers bis heute. Irgendwie hat sich dieser Zug »Oh-Gott-was-kommt-jetzt-noch-Schlimmes«vererbt, weshalb Max z. B. Automatikgetriebe und Facebook meidet, keinen Thermo-Mix hat und seine Kochrezepte wie auch Diagnosen nicht aus dem Internet holt. Seine älteren Geschwister benutzen keine Smartphones, seine Kinder haben keine Autos. Berufsbedingt hat er das eine oder andere zähneknirschend mitgemacht, aber er hat immer ein bisschen gezögert. Dabei überholten ihn die Entwicklungen oft, sodass er sie erst gar nicht mitmachen musste. Triumphierend erzählte er vom

16-jährigen Sohn einer Freundin, der in der Lokalzeitung geschrieben hatte, dass Facebook überholt und nur noch was für alte Leute sei. Er berichtete mir auch, dass ihn Freunde oft erstaunt fragen, woher er denn überhaupt wisse, was er hat, wenn er was hat. »Ja vom Arzt und vom Gefühl!« »Häh«, kommt dann die Antwort, »und diesen Fake-Newsproduzenten traust du?«Rückfrage von ihm, und da wird er beim Erzählen gestenreich und ein bisschen lauter: »Und du dem Internet und dem Facebook-Gestänkere?«Antwort meist: »Ich nutze das kreativ und intelligent«. »Ach so! Na dann«, meint er. Er habe nur noch nicht verstanden, warum so viele kreative und intelligente Leute schleimige in Wasser gequollene Chia-Samen kauen und glauben, damit ihrer Gesundheit was Gutes zu tun. Warum sie Chemtrailspuren am Himmel suchen, Masernimpfungen mit religiösem Eifer bekämpfen und bei jedem Flug ein schlechtes Gewissen haben, wegen ihres CO_2-Fußabdrucks, der merkwürdigerweise nicht zu sehen ist, wenn die Kids mit dem SUV zur 150 m entfernten Schule gebracht werden? Er wird beim Erzählen immer lauter und gesteht dann noch, dass er es schwarzhumorig bemerkenswert findet, dass damals 2001/2002 nach dem Anschlag auf die Zwillingstürme des World Trade Center TV-Vielgucker und Internetgläubige aus Angst vorm Fliegen massenweise im Straßenverkehr umgekommen sind. Ich werfe natürlich politisch korrekt ein, dass jeder Verkehrstoter einer zu viel ist. Er erwidert nur, er könne ja nichts gegen das morbide Mundwinkelzucken bei schlechten Nachrichten machen.

Zurück zu seinen Leuten, die er vom Pech verfolgt sieht: Als einer der fortschrittsskeptischen Vorfahren, längst aus Afrika ausgewandert, dann doch vom Baum herunterkam, so schreibt Max, geriet er prompt in den ersten Bronzezeit-Krieg, vermutlich die Schlacht im Tollensetal um 1250 v. Chr., und so sauste er schleunigst wieder nach oben, wo er aber auf Dauer nicht bleiben konnte. Immerhin die Schlacht überstand er im Wipfel einer Ulme. Nur der Hunger trieb ihn dann später herunter. Und jetzt kommt die kühne Schlussfolgerung von Max: So ist in der Familie das Gefühl des Ankommens auf dem Boden der Tatsachen unwiederbringlich mit dem Gefühl des Niedergangs verbunden. Und auch das wiederholt sich immer wieder durch alle Generationen. Denn sonst würde er, Max, nicht vor der Schönheit der digitalen Welt und der künstlichen Intelligenz mit ihren Telematikinfrastrukturen und ihren robotischen Verheißungen in den Ruhestand flüchten und kompromisshaft zwischen oben und unten die Hängematte wählen. Ich muss gestehen, ein bisschen beneide ich ihn, obwohl ich bequemere und nicht so stark die Seekrankheit fördernde Ruhepositionen kenne.

Zänker und Überlebende

Die hoch hinaus wellen/
seynd wie Feuerwerk oder Rachetlin/
das in die höh fährt und doch den Himmel nit erreichet/
noch wieder auf die erde kömpt/
sondern in der Luft zerpletzet und zerknellet.
(Altdeutsche Spruchweisheit)

In den folgenden Jahrtausenden waren nicht alle Vorfahren so klug, einer brenzligen Konfrontation auszuweichen. Schimpfen konnten sie fast alle, und wie Max berichtet, konnten die meisten dies lauthals. Ein paar von ihnen hatten ein heldisch verkürztes Leben, v. a., weil sie mit dem Schimpfen nicht aufhörten, wenn es an der Zeit gewesen wäre. Als eine sächsische Ahnenreihe so gegen 800 von der Nordseeküste nach Süddeutschland zwangsumgesiedelt wurde, blieb ihr Verhältnis zur christlichen Kirche dauerhaft gespannt. Bei der Taufe hatten sie die Finger gekreuzt, bei der Beichte logen sie wie gedruckt. Wahrscheinlich ist deswegen im Familienwappen der Wimmers ein »poeta laureatus«, ein mit einem Lorbeerkranz gekrönter Dichter, also ein typischer Narrativproduzent, abgebildet. Ein Würzburger Ratsherr und Stadtmedicus namens Wimmer hat sich dieses Wappen im 17. Jahrhundert selbst kreiert. Der Poet scheint mehr einem unfrommen Wunsch entsprungen, als dass er was Reales symbolisiert. Ein Schönredner war er wohl, aber es sind keine Sonette von diesem Ahnherrn bekannt. Das Archiv verzeichnet lediglich einen Erlassentwurf aus seiner Feder, mit dem der hochweise Rat der Stadt die Akzise auf Wein etwas senkte, damit der Genuss von Wein allen Mannsleuten möglich sei. Wein diene der Stärkung der Manneskraft heißt es da, im Gegensatz zum dumpf machenden Biere. Und der Manneskraft bedurfte es nach dem Bevölkerungsrückgang durch den Dreißigjährigen Krieg wahrlich. Wie in diesen Zeiten üblich, wurde Frauenkraft einfach vorausgesetzt.

Von den schon erwähnten, obstinaten Vorfahren, die um 800 n. Chr. im Rahmen einer ethnischen Säuberung als Sachsen nach Süden verbannt wurden, wurde die eine oder andere Donar-Eiche gehegt, auch gerne ein Pferdekopf an die Türe genagelt. Es wurden Runen gelegt und ins Fachwerk der Häuser Runenbilder hineingeschmuggelt. Die Messe schwänzten sie öfter. Und wenn sie schon eine Kirche betraten, dann mit Thorshammer um den Hals. Das soll dann gelegentlich lebenserschwerend, wenn nicht sogar lebensverkürzend gewirkt haben. Dann gab es da auch eine höchst gefährdete weibliche Erblinie mit dem Beruf des Kräutermischens und Verfluchens auf Bestellung. Hier schließt sich wieder ein verhängnisvoller Kreis und Max' psychotherapeutische Profession kommt als später Abkömmling ins Spiel. Zäh waren die Vorfahren aber auch – so haben immer ein paar überlebt und sich fortgepflanzt, und klar, nur deshalb gibt es Max, der sich nun erinnern kann. Wenn sie alle immerzu nur geschimpft hätten und nur ihre garstige Seite gezeigt hätten, wären sie spurlos eliminiert worden und wir wüssten gar nichts von ihnen. So geht es auch bei Max nicht immer lärmig zu. Mal schimpft er, mal taktiert er und schweigt. So hat er doch den einen oder anderen Freund nicht ganz verprellt. Es gab wohl sogar Patienten, die treue Fans wurden.

Die Doppelseitigkeit der Wimmers, garstig und charmant, und ihre Zähigkeit findet man bei einigen Vorfahren ausgeprägt.

Ein besonders zäher Vertreter war sicher auch der nach Wyoming ausgewanderte Johann Wimmer, genannt John »Cardsharp«. Er spielte nicht nur falsch, sondern ließ auch schon mal ein fremdes Pferd mitgehen, wenn er eine Pechsträhne hatte. Das verstimmte die Besitzer, und sie griffen sich ihn in einem schwachen Moment. Es hieß, man habe ihn auf der Latrine erwischt, wo er infolge eines Magen- und Darmgrimmens festsaß. Durch das beherzte Eingreifen des Sheriffs wurde er vor dem Lynchen bewahrt, dann aber abgeurteilt. Als er zu seiner Hinrichtung am Ufer des Snake River 1865 auf ein von ihm gestohlenes Pferd gesetzt wurde (der wahre Besitzer hatte es zum Zwecke der Urteilsvollstreckung großzügig ausgeliehen), war sein Hals mit einem sorgfältig geflochtenen Hanfstrick versehen, der an einem Ast befestigt war. Es war ein trüber Tag, die Sonne hatte sich noch nicht durch die Nebelschleier des Altweibersommers kämpfen können. Ein Tag, wie gemacht für den abschreckenden Zweck der Übung. Cardsharp hatte gebeten, die Hände noch einmal zum Beten frei zu bekommen. Der fromme Richter war über den reuigen Sünder gerührt und ließ es gnädig zu. Dann dachte John die Sache schnell hinter sich zu bringen und wollte beim Sterben Gas geben. Er hieb dem Pferd die Stiefelabsätze in die Flanke und als der Gaul stieg und dann durchging, klammerte er sich reflexartig am Sattelknauf fest. Den Sheriff hat die Sache überrascht, zumal ihn das durchgehende Pferd unsanft touchierte. John blieb auf dem Pferd festgeklammert und der Klügere, in dem Fall der Ast, gab nach. Der Sheriff war auf dem Hintern gelandet und bekam erstmal keine Luft. Momentan konnte er sich nicht zum Schießen durchringen. Weg war John.

Eine mitleidige und infolge einer Schießerei partnerlose Farmerin soll ihn aufgenommen haben, nachdem er das Pferd weggejagt hatte, um der rachsüchtigen Bosse, die auf ihn angesetzt war, zu entgehen. Während sie noch auf seine Neigung ihr Bett zu wärmen baute, schlich er mit gemopsten Frauenkleidern davon und schwamm durch den Snake River, überquerte die Rockies und zog nach Norden. »Nein«, hatte Max über die Aufzeichnung drübergeschrieben, »er schlich nicht, sondern er ritt auf einem ebenfalls gemopsten Pferd«. Aus Scham beließ es die betrogene Witwe beim Verfluchen und half den Verfolgern nicht. John schickte bewegte Grüße in die alte Heimat aus der neuen, Kanada, wo er geläutert einer ehrlichen Arbeit nachging, und neunzig Jahre alt wurde.

Nicht minder zäh war ein noch früherer Vertreter. Der germanische Hilfslegionär Vigibaldus war einer der Schächer unter dem Kreuz Jesu. Da er dessen Mantel erwürfelte, begann er neben seiner militärischen Tätigkeit in Sachen Stoff zu machen. Nach dem Militärdienst hatte er ein hübsches Vermögen zusammen, das er nun in der Heimat in ein kleines Landgut im Taunus investierte. Er hatte einen schlechten Zeitpunkt gewählt, denn erst bezichtigten ihn die Chatten in der Gegend als Römerling und potenziellen Verräter. Sie nahmen ihm besonders übel, dass er römische Landbaumethoden einführte. Dann nahmen ihm die Römer übel, dass er den romfeindlichen Nachbarn ein paar Pferde geschenkt hatte, um Frieden zu haben. Die Befriedungstruppen unter Caligula brannten seine Villa in der Nähe vom heutigen Bad Homburg nieder. Dann ließen sie ihn ohne Mittel und ohne Hilfe zurück. Seine Nachbarn wollten ihm auch nicht helfen, denn er war immer noch ein Römerling, wenn auch ein abgebrannter. Er hatte Glück, weil er auf einem Schlachtfeld nahe dem Römerlager Hedemünden, wo er auf der Suche nach Essbarem hingewandert war, ein paar unbestattete Leichen fand. Er konnte einige Mäntel sicherstellen und begann einen kleinen Handel mit Stoffen. Nach und nach entwickelte er ein gutes Gespür für kriegerische Auseinandersetzungen. Scharmützel suchend reiste er kreuz und quer durch Germanien. An solchen kriegerischen Verwicklungen herrschte damals kein Mangel. Seinen rasch prosperierenden Handel erweiterte er um Pelze, Schilde, Waffen und Rüstungsteile. Hoch betagt, reich, und reich an Nachkommen starb er in Moguntiacum (Mainz), wo er seinem schlachtfeld-bezogenen Handel erfolg-

und ertragreich noch den ganz zivilen Weinhandel hinzugefügt hatte. Und auch das war klug, in Durstlöscher zu investieren, denn wenig später schrieb Tacitus über Vigibaldus' Landsleute, dass sie eine gewisse Toleranz für Hunger und Kälte, aber eine ausgeprägte Scheu vor Hitze und Durst hätten. Auch die Nachkommen von Vigibaldus ließen es sich ein paar Jahrhunderte später gut ergehen, da sie auf die Idee kamen, Stofffetzen als Gewänder Jesu zu verkaufen. Die Nachfrage nach solchen Reliquien war sehr hoch und die Bezahlung stimmte.

Heldische Frauen Teil Eins:
die beredte Berta

Eyn bös Maul ist schärpfer dann ein Schwerdt!
(Altdeutsche Spruchweisheit)

Damit hier nicht der Eindruck entsteht, die Wimmers hätten keine starken Frauen gehabt, will ich an zwei bedeutsame Frauen der Ahnenreihe, eine aus dem Mittelalter, eine aus dem Dreißigjährigen Krieg, erinnern. Max hat die Geschichten auf einem gesonderten Blatt angelegt und ein Titelblatt hinzugefügt. Darauf steht ein Spruch von Tschechow: »Fürchte den Bock von vorne, das Pferd von hinten und die Frau von allen Seiten!«Den Spruch fand ich ein bisschen zynisch, nachdem ich das Schicksal der beiden näher kennen gelernt habe, aber ich bin hier ja nur der Chronist.

Die erste Geschichte handelt von Berta. Weil ihr Mann, der ein liederlicher Flickschuster war, soff und sie schlug, ging Berta durch, nachdem sie mit ihrem Zetern zweimal am Pranger der freien Reichsstadt Nürnberg gelandet war. Nein nicht er, wie man denken könnte, sie wurde verurteilt! Ihre spitze Zunge und vor allem ihre Tonhöhe waren jedes Mal wieder ein nachbarschaftliches Ereignis. Sie störte damit den Mann in seinem Züchtigungsrecht, beschimpfte Nachbarn, die sie zum Vollzug festhalten wollten und trat nach dem Büttel, der sie abführen wollte. Das brachte ihr den Pranger ein und an ihm bekam sie reichlich faulendes Gemüse ins Gesicht. Was da in ihrem Gesicht landete, verursachte eine kurzzeitige Unterbrechung des Stroms von Beschimpfungen, der sonst aus ihrem Mund quoll. Nach dem zweiten Mal, als auch noch ein Mönchlein neben dem Pranger lauerte und auf gotteslästerliche Äußerungen wartete, da hatte sie genug. Sie wollte nicht auch noch wegen ihres Fluchens der kirchlichen Gerichtsbarkeit ausgeliefert werden. Sie wusste ja, dass das zu einer heißen Angelegenheit werden könnte. So lief sie einfach davon und dachte vielleicht in Frankfurt bei den Beginen untertauchen zu können. Sie wusste ja, dass diese Frauenhäuser des Mittelalters einen gewissen Schutz boten und dass dort niemand nach dem Herkommen fragte. Sie war ein attraktives und noch kinderloses Frauenzimmer. Ihre ausladenden Formen wirkten einladend. Das Sabbern, die Zoten und das Gegrabsche der Männer unterwegs auf den staubigen Reichstraßen brachten sie dazu, ihr Reisegeld mit Dienstleistungen am Mann zu verdienen. Sie schien keinen großen Ekel zu verspüren. Max vermutet, dass sie über manipulative Techniken verfügte, die ihr den Vollkontakt ersparten. Er schloss dabei aus seiner reichen sexualtherapeutischen Erfahrung. Ganz so raffiniert kann sie aber nicht gewesen sein, denn hinter Schweinfurt kam sie einem Hanauer Ratsherren erst auf den Wagen und dann in die Quere. Der schon etwas ältere Herr hatte einen riesigen Wanst. Mit ihm hätte sie gut spielen können: »Ich sehe was, was du nicht siehst!«Gerne hätte er ein wenig Kurzweil unterwegs genossen, ihm war aber an richtigem Körperkontakt gelegen. Und an ihr hat es wahrscheinlich nicht gelegen, dass sich bei ihm nach einigen Humpen Wein nichts regte. Max notiert am Rande: »Wahrscheinlich diabetische Durchblutungsstörungen«, und ein paar Zeilen weiter steht: »Gibt noch kein Viagra, hihi«und noch später: »Alkohol kontraproduktiv, siehe Porter's Monologue in Macbeth (Drink, lechery it provokes and unprovokes ...).«Der Handelsherr war aber keineswegs bereit, die Probleme bei sich selbst zu suchen. Er beschimpfte sie unflätig mit »Teufelsfutt«und »Hexenhure«, weil ihm sein Johann nicht gehorchte. Als sie dann noch mit »Kümmerling«und »verdorrter Wurzel«konterte, streckte er sie mit einem Fausthieb nieder und ließ sie von seinen Fuhrknechten binden. Sie meinte noch einen Vorteil erlangen zu können, indem sie, im Hanauer Kerker angekommen, dem Kerkermeister und Folterer schöne Augen machte. Der aber neigte mehr der Sodomie mit männlichen Gefangenen zu und fand ihren schönen Körper nur insofern interessant, als er noch was für seine Profession lernen konnte. Er hatte sich dem lebenslangen Lernen und der berufsbegleitenden Fortbildung verschrieben. So studierte und optimierte er bei ihr ausführlich, wo und wie man noch mehr Schmerzen erzeugen konnte. Ein frommer und in seiner frömmelnden Geilheit eifernder Dominikaner presste ihr dann als »Geständnis«einen richtigen Porno ab, wo sie es, wann und wie, mit dem Gottseibeiuns getrieben hätte. Seine Fantasien trieben ihn in seinen Fragen zu immer neuen Verkehrsarten und schwarzen Messen, denen sie zermürbt zustimmte, nur um Ruhe zu haben. Die Geschichte war so unerhört, dass sie auch nur in Umschreibungen vor Gericht zu Gehör gebracht wurde. Abschriften davon mit allerlei Ausschmückungen kreisten Jahrzehnte lang in Klöstern – zum frommen Schauder. Gewiss blieb es nicht beim Schauder, bemerkt Max, der erfahrene Sexualtherapeut, und fügt als Notiz hinzu: »Vielleicht war es nach dieser Lektüre sogar nötig, dem Sündenpfahl unter der Kutte eine abschreckende Abreibung zu verpassen.«Wohin derlei Vergnügungen mit dem Teufel führen können, wussten die Mönchlein aber recht gut, denn sie waren bei der Hinrichtung der Hexe Berta eingeladen, um für die stimmungsvoll fromme Gesangsbegleitung zu sorgen. Berta starb jung und ohne Kinder zu hinterlassen, ihre Schwester Gunda war da erfolgreicher. Sieben Kinder hatte sie und alle brachte sie durch. Da sie meinte, dass sieben genug seien, kochte sie für ihren Gatten, den Türmer und Nachtwächter zu Fürth ein leckeres Pilzgericht, das er allein essen durfte. Keiner hat Verdacht geschöpft, da sie selbst zwei Tage lang grässlich Bauchgrimmen und Speiben mimte. Er kam so auf den Gottesacker und sie zu einem Häuschen und zu etlichen ertragreichen Äckern.

Heldische Frauen Teil Zwei:
die unternehmerische Adelheid

Der buler weiß wol was er begehrt,
er weis aber nit was es ist.
(Altdeutsche Spruchweisheit)

D ie **Adelheid** aus Pegnitz hatte das Pech um
1630 mit einem Bauern verheiratet zu sein,
der nach dem Abbrennen seines Hofes durch
die Kaiserlichen zu den Schweden ging, um dort als
Feldweibel zu dienen. Später war er landauf landab
als Landsknechtswerber unterwegs. Sie war immer
dabei. Ihre drei Kinder waren in der Obhut ihrer
Schwester, so konnte Adelheid unbeschwert mit ihrem Mann reisen, denn sie liebte ihn sehr und wollte
ihn nicht missen. Leider hatte der nur begrenzte Geo-
grafiekenntnisse und kannte die wechselnden Front-
verläufe nur sehr ungefähr. Es kam wie es kommen
musste, sie landeten im Odenwald im falschen Dorf.
Als ihn aufgebrachte katholische Bauern als Rache
für den vorher erlittenen Schwedentrunk kurzerhand aufknüpfen wollten, musste auch sie um ihr
Leben fürchten. Sie hatte einen kleinen Vorteil, da
sie noch zu Pferde war, während er schon abgestie-
gen war, um in der Schänke sein Werbersprüchlein
aufzusagen. Sie schaffte es zu den Schweden zurück
und blieb als Witwe beim Heer.

So mancher Heimwehkranke blickte Adelheid,
dieser reifen und rassigen blonden Schönheit, be-

gehrlich nach. Doch wer zudringlich wurde, bekam ihren Ochsenziemer zu spüren, den sie immer mit sich trug, auch wenn sie gerade nicht auf dem Karren unterwegs war. Da sie die schwedischen Bauernburschen mit ihren derben Scherzen und ihren groben Händen nicht besonders mochte, verkaufte sie ihnen Bier und Wein, aber verlieh als Marketenderin den eigenen Körper nicht. Vielmehr verlieh sie ihnen lieber andere Frauen. Da so viele Frauen im großen Gemetzel schon umgekommen waren und da so viel Hunger und Seuchen grassierten, war die Auswahl an vorzeigbaren Frauen begrenzt, sodass sie Spezialitäten entwickeln musste. Sie machte mit selbst angerührter Schminke und allerlei Binden und Wickeln aus hässlich schön und führte als Spezialität für Freier die Augenbinde ein. Außerdem lernte sie Tunten an und unterwies sie in den Techniken, von denen Max annahm, dass sich schon Berta ihrer bediente. Max notiert hier am Seitenrand ein Smiley und »ante portas«. Als Adelheid eines Tages merkte, dass auch die Hässlichen begehrt waren und wiederholt angefordert wurden, machte sie dies zu ihrer Spezialität und entwickelte ein Format, das wir heute vielleicht »Monstersex mit echten Monstern«nennen würden. Sie nannte es »Landsknechtsplaisir mit armen Seelen«. Auf der Suche nach immer ekligeren menschlichen Krüppeln nahm sie sich immer schlimmerer Exemplare an. So geriet sie letztlich an ihre Nemesis, eine Aussätzige mit einem Arm- und zwei Beinstümpfen, die sie ansteckte und für einen frühen Tod der Adelheid sorgte. Als unbeerdigter

Rabenfraß im Straßengraben endete die Chefin eines hässlichen Imperiums. Eigentlich hatte sie ein gutes Geschäftsmodell, aber die Zeit war schlecht für ihren Businessplan, der erst von der Sex- und Pornoindustrie unserer Tage wieder erfolgreich aufgegriffen wurde. Gesundheitszeugnisse machen den heutigen Betrieb deutlich weniger gefahrgeneigt. Immerhin hatte Adelheid zwei stramme Söhne zurückgelassen, die zwar keine Zeit fanden, sie zu beerdigen, das Geschäft aber übernahmen sie im zarten Alter von 16 und 14 Jahren. Sie waren ein ungleiches Paar, der ältere hochaufgeschossen und rank, der jüngere pummelig und klein. Wenn sie sich gegenseitig ansahen, fielen von beiden oft die Worte: »Von meinem Vater bist du nicht!«Beide hielten dennoch zusammen und hatten sich schon in jungen Jahren eine gute Warenkunde erarbeitet, denn die Mutter hatte sie früh für die Castings der neuen Kandidatinnen eingesetzt. Beiden grauste es vor extrem Hässlichem, die Täuschungsstrategien der Tunten ließen sie sich da eher gefallen. Der ältere meinte immer: »Lieber gediegen Handwerk als auf Buckel, Kropf und Schielaugen gucken müssen!«Da sie beide ganz anders als die Mutter weniger morbide Fantasien beim Rekrutieren ihrer menschlichen Ware walten ließen, nahmen sie zwar weniger ein, kamen aber mit dem Leben davon. Sie hielten sich wacker, sogar als sie zweimal im Krieg die Seiten wechselten. Die Taufen, die sie so mehrfach erlebten, hatten sie so verinnerlicht, dass sie sogar den kriegsbedingt schlecht ausgebildeten und manchmal stockenden Geistlichen textlich aushelfen konnten. So geschah es dann auch, dass sie von einem Lutheraner katholisch und einem romtreuen Hilfspriester lutheranisch umgetauft wurden. Ihrem Geschäft hat es keinen Abbruch getan.

Man könnte nun – feministisch inspiriert – kritisch einwenden, dass hier Frauen immer schauerlich zu Tode gekommen sind, während die Männer fröhlich weiterleben. Dem kann ich bei Berta und Adelheid nur entgegenhalten, dass den Flickschuster ja auch bald der Suffteufel geholt hat und Adelheids Gatte an fremdverursachter Luftnot verschieden war. Aber es stimmt schon, die Zeiten waren für Frauen schwierig. Ich kann aber genug Beispiele anführen, wo es bei den Wimmers auch Männern an den Kragen geht. Das kann man schon im nächsten Kapitel sehen.

Heldische Männer:
Ein Beispiel

Köndt mancher schweigen/
biß auff die rechte zeit/
wol hett er so gute ruh.
(Altdeutsche Spruchweisheit)

Aus der heldischen Linie der Wimmers stammt Andreas, ein sog. »Ostafrika-Kolonisator«, der sich von Leuten des Sultans von Wituland (heute Nordkenia) 1890 in kleine handliche Stücke hacken ließ. In das spätere »Deutsch-Ostafrika«war er als Flüchtling aus der Fremdenlegion gekommen. In diese war er geraten, weil er sich als Dorflehrer im winzigen Frankenwalddörfchen Repperndorf in Gegenwart des Schulrats geweigert hatte, einen verstockten Schüler mit dem Rohrstock in Bekanntschaft zu bringen. Dem Schulrat war schon zuwider, überhaupt in diese Wüstenei reisen zu müssen. Und dann noch das! Andreas' ohne Gehorsamserzwingung betriebene Pädagogik war für den Prüfer nichts als Fraternisierung mit dem Pöbel und Andreas mithin ein Ärgernis für den pädagogischen Staatsdienst. Der Schulrat ließ flugs die Schule schließen und schickte die verzogenen Kinder auf den Fußweg nach Grafenholz, wo nach seiner Meinung ein richtiger Pädagoge den Rohrstock schwang. Andreas wollte sich auf eine andere Pädagogik nicht einschwören lassen und widersprach in der Hinsicht sogar einem echten königlichen Ministerialrat. So bekam er auch keine Bewährung. Als dann nach seiner Entfernung aus dem Dienst auch noch seine Verlobung mit der Liebsten aus Untermeinach hintertrieben wurde, ging er kurz entschlossen auf Wanderschaft und ließ sich für die Fremdenlegion anwerben. Da aber die Fremdenlegion ihrerseits wiederum nur auf Gehorsam aufgebaut war, war er an seinem Einsatzort in Djibouti schnell im Bau gelandet, aus dem ihn ein befreundeter Somali gegen eine kleine Gebühr befreit hatte. Eine andere Erzählspur sagt, dass er in Aden von einem Legionsschiff gesprungen war und zu einem englischen Passagierdampfer hingeschwommen war. Unerlaubt und Fahnenflucht war es in beiden Fällen. Ob nun von Djibouti kommend oder schon in Aden anwesend, er traf dort auf den inkognito reisenden Dr. Peters, der gerade dem Reichskanzler Bismarck zum Trotz ein paar Kolonien in Ostafrika einsammeln wollte. Der Vorfahr kam Peters gut zu Pass, weil er neben Französisch und Englisch auch die Lingua franca der Region, Suaheli beherrschte und leidlich Arabisch sprach. Beim Handel Land-gegen-Glasperlen war er so unverzichtbar. Zum Dank für seinen patriotischen Einsatz hatte Peters ihm ein großes Landstück überlassen. Dann aber kam der Helgolandvertrag und dieser Landzipfel ging ebenso wie Sansibar an Großbritannien. Der Kommentar von Max ganz im Stil seiner fast schon boshaften Polemik: »Der nutzlose, bis heute nur noch dem Alkoholtourismus dienende und von Lummen und anderen Vögeln zugekackte Felsen in der Nordsee dafür an Deutschland.«Der Ahn hatte keine Lust auf Deutschland, mit seinen Schulräten und seinen steifen Krägen, und so blieb er, wurde Kolonialbrite und betrieb seine Sägemühle, die der dortige Sultan aber nicht mochte, weil ihn nämlich der deutsch-britische Deal um Helgoland von 1889 rasend machte. Er betrachtete ihn als schmählichen Verrat und Ehrkränkung. Briten waren für ihn der Inbegriff des Schaitan und einen solchen Satan hatte er in der Person des Andreas vor der Nase. So behinderte der Sultan den Holzhandel nach Kräften. Und weil der Vorfahr, mittlerweile britischer Staatsbürger, sich die Butter nicht vom Brot nehmen lassen wollte und weil er den Sultan auch nicht besonders mochte, drang er kurzerhand bewaffnet in dessen Palast in Lamu ein. Es hieß, um zu verhandeln. Nun sein Verhandlungsstil war robust. Es war wohl so, dass er drohte, rumorte und schimpfte wie ein Rohrspatz. Max schrieb »Palast«, weil es die Behausung eines Sultans war, aber »Palast«ist vielleicht auch ein bisschen hochgegriffen für das Dutzend Lehmhütten mit einer Palisade drum herum. Diesen Schutzwall hatte Andreas mit seinem Gewehrkolben einfach eingeschlagen und war durch die Lücke in der Palisade hineinmarschiert. Nur man bedenke, der Sultan war ein echter Dorfhäuptling mit ausgreifenden Gebietsansprüchen und mit einem Ehrbegriff, der dem des Vorfahren nicht ganz unähnlich war. Das war das Schlimme. Der Vorfahr von Max war nicht nur einmal respektlos gegenüber dem Palast und seiner Hoheit, er hörte einfach nicht auf zu schimpfen und er konnte »umbo msingi nzuri«(verdammt gut) auf Suaheli und »lays sayiyaan«(nicht schlecht) auf Arabisch schimpfen. Die Hoheit war nicht geneigt, das Gezeter des räudigen Kufr einfach zu vergessen, zumal es mitten im Ramadan und somit auf nüchternen Magen stattfand. Ja, der fromme und ehrpusselige Sultan duldete es so wenig, dass er das Leben des Andreas entscheidend verkürzen ließ. Andreas wurde von der loyalen Dorfbevölkerung mit Macheten massakriert. Da die Briten sich das Wituland gerne ganz und ohne lästigen Sultan als lokalen Herrscher einverleiben wollten, hatten sie nun einen festlichen Anlass, Kanonenboote auffahren zu lassen und ihrerseits das Leben des Sultans zu verkürzen. Ich weiß auch nicht, warum Max hier in seinen Notizen an die tieferliegenden Motive des Brexits mit einer gewissen Ambivalenz erinnern will. Er guckt jedes Jahr die »Night of the Proms«und meint, es hebe ihn vom Sitz im Takt des: Rule Britannia, Britannia rule the waves ... Wenn es denn sein muss, auch ohne Beteiligung seiner Familie, meint er aber in jedem Falle heroisch und siegreich. Oder vielleicht träumt Max doch noch von einem Prozess gegen die Krone, weil für den Tod von Andreas und für hunderte Hektar Land nie Entschädigung geleistet wurde? Eine dynastische Beziehung zu den Royals mag hier für falsche Rücksichtnahme gesorgt haben. Darauf wird im nächsten Kapitel näher eingegangen.

Die freiherrlichen Wirren

Die kleinen dieb man hencken tut/
vorn großen zeucht man ab den hut.
(Altdeutsche Spruchweisheit)

Ein anderer, unter seinen Möglichkeiten bleibender, heldischer Vorfahr von Max war 1524 Schmied zu Bösental. Man muss sich das als niedliches Dörfchen in Hanglage vorstellen, so günstig an einem Wegkreuz gelegen, dass die örtliche Herrschaft erst als Raubritter florieren konnte, indem man die Nürnberger Pfeffersäcke auf ihrem Weg nach Leipzig ausnahm, dann war man systemrelevant geworden. Und systemrelevante Wirtschaftsbetriebe aufzugeben, kann kein Staat sich leisten, man denke nur an die vielen Arbeitsplätze für Knechte, Waffenschmiede, Zolleintreiber etc. Die Wegelagerei ließ sich im entstehenden modernen Staat nun vorzüglich legitimieren als offizielle Wegzolleintreibung in fürstbischöflichem Auftrag. Der Vorfahr von Max war ein weithin bekannter Wutnickel, der zudem jedes Mal erneut zornig wurde, wenn er von einem Dorf zum anderen für ein paar Hufnägel oder eine geflickte Pflugschar Zoll entrichten musste. Die lutherische Lehre und der Bauernkrieg waren das Momentum seiner Rache für die erlittene Unbill. Er rückte mit einem Haufen empörter Bauern an und knackte nun 1525 das Burgtor dieses wohlhabenden fränkischen Freiherrn zu Bösental. Enttäuscht musste er feststellen, dass sich der – statt sich von den marodierenden Bauern ermorden zu lassen – feige unter die Röcke des Bischofs von Bamberg geflüchtet hatte. Da sich nun auch Luther von den Bauern abgewandt hatte, kamen die Herrschaften sehr bald wieder zu dem, was sie für ihr Recht hielten. Der geflohene Freiherr kam in Begleitung des schlagkräftigen Hohenzollern Kasimir, Burgherr zu Kulmbach und genannt der Bluthund, zurück, was das Leben des Vorfahren von Max erheblich verkürzte. So schnell wollte er aber nicht aus dem Leben scheiden. Sein Stiernacken hätte das Aufhängen fast zu einem Desaster für den Henker werden lassen, sodass dann einer der Landsknechte mit einem beherzten Hellebardenstich nachhelfen musste. Der Schmied und viele seiner Getreuen waren tot, Ruhe gab es aber immer noch nicht. Ihre Kinder lebten und sorgten in den folgenden Jahrhunderten immer wieder für Unruhe. Schon hier beim Bösentalschen Rachefeldzug deutete sich eine weltgeschichtliche Wendung an. Der Bösental mit seinem Rachedurst und seiner kaiser- und romtreuen Speichelleckerei ging dem Hohenzollern Kasimir so auf den Geist, dass er fast Protestant geworden wäre. Max merkt an, wie Kasimirs mitleidslose Natur vom Dürerschüler Hans von Kulmbach, so hervorragend porträtiert worden ist. Dieser Kasimir war mit dem Exempel statuieren so beschäftigt, dass er einfach keine Muße zur Annahme eines neuen Glaubens fand. Sein Henker »Meister Augustin«war mit seinen symbolträchtigen Folterungen und Hinrichtungen besonders gefürchtet. So hat er 58 Männern eines Dorfes die Augen ausgestochen, weil dessen Schulze gesagt hatte, sie wollten keinen Markgrafen mehr sehen. Das Protestantischwerden hat dann Kasimirs Bruder und Erbe vollzogen, ein besonders Frommer, Georg der Bekenner geheißen. Kasimir konnte seine Siege nicht mehr auskosten, sondern starb an der Ruhr, als er auf einem Feldzug in Ungarland den Türken aufs Haupt hauen wollte. Es gab dann vorerst in einem kurzen historischen Zwischenakt einen Nachfolger namens Albrecht Alkibiades, der als Söldnerführer jeweils nach Bezahlung zwischen den Glaubensrichtungen pendelte. Ja, er war in Glaubensdingen außerhalb des Portemonnaies so wankelmütig, dass er am Ende mit allen verfeindet war. Mit vereinten Kräften haben die Gegner seine Stadt Kulmbach plattgemacht. Alkibiades wurde geächtet und seine Herrschaft ging an den Georgssohn über, an Georg Friedrich, den Namensgeber des dortigen Gymnasiums. Seine Schüler sprachen von ihrer Schule nur respektlos vom Schorsch-Fritz-Gymi. Ganz bei Trost kann dieser Georg Friedrich nach Meinung des Chronisten auch nicht gewesen sein, ausgerechnet eine solche Lateinschule zu fördern, über die ich noch einiges zu berichten habe. Da Georg Friedrich auch noch Entschädigung für die kaputte Burg kriegte, ließ er seiner Nostalgie freien Lauf und veranlasste einen Turnierhof zu bauen – im Renaissancestil. Zu der Zeit (1559) brauchte so was kein Mensch mehr. Heute aber werden die armen Touris zugeschwafelt, wie Max despektierlich anmerkt, mit dem »schönsten Renaissance-Turnierhof Deutschlands«. Ein nettes

Detail wird allen gezeigt, das Steinrelief der »Weißen Frau«hoch oben an einer Balkonbrüstung. Ich habe es selbst gesehen. Sie war keine Ahnin zum Vorzeigen, weil sie ihre eigenen Kinder mit Gewandnadeln ermordet hatte, da sie nach ihrer Meinung einer Heirat mit dem Nürnberger Burggrafen und Vetter im Wege standen. Die Heirat fand nicht statt, da der Graf nicht ihre Kinder, sondern seine Eltern gemeint hatte mit dem ihr zugetragenen: »Vier Augen stehen der Heirat im Wege.«Nun muss die Gute trotz reichlicher Buße (auf Knien rutschend zum Kloster Himmelkron und zum dortigen Verbleibe) immer noch durch alle Hohenzollernschlösser geistern, auch die in Berlin und umzu. Man sagt, wenn sie erscheint, passiert was Schlimmes. So war es bisher: mal kamen die Hussiten, mal Napoleon, mal Hitler, mal die Russen, mal die Wiedervereinigung.

Zurück zum Bauernkrieg, seit dem auf jeden Fall Groll in Max' Familie besteht gegen das Freiherrengeschlecht der zu Bösentals. Der jüngst erfolgte politische Sturz eines Nachfahren über seine getürkte Dissertation hätte seinen Großvater gefreut, und bei ihm war es Anlass für ein Familienfest. Max notiert am Rand: »Früher war Herrscher und Gelehrter getrennt; wer beides sein will, ist gar nix.«Es passte nur zu gut zu dem, was sein Großvater ihn gelehrt hat: »Den Bösentals darf man nichts glauben.«Oh ja, die Pressekonferenzen zum jähen Sturz von Everybody's Darling, sein Leugnen und seine tragische Empörung über die Medienkampagne habe auch ich noch lebhaft in Erinnerung! Der Großvater hatte zu seiner Zeit für Max immer auch noch ein Ceterum censeo, egal in welchem Zusammenhang die Bösentals Erwähnung fanden: »Und weil sie auch noch das Fischrecht auf unserem Wiesengrundstück im Talgrund an der Schalckenmühle haben, und so seit 400 Jahren unsere Fische stehlen, musst du lernen den Schaden zu mindern, z. B. regelmäßig ein paar schöne Forellen rausholen.«Sportsmann war der Großvater aber auch, so verbot er ihm die Benutzung einer Angel. Das war nicht schön, erzählt Max, stundenlang mit den Händen im kalten Wasser zu versuchen, so einen Glitsch zu kriegen. Wenn es gelang, folgte ein Triumph-Picknick, aber auch das nicht immer zur Freude des Großvaters, denn einmal hätten die Jungs dabei fast den Wald angesteckt. Es war so schön im Tal mit den zwei mäandrierenden Bächen, mit Rohrkolben, Bachnelkenwurz, Bärenklau und Schilfrohr. So viel Wasser habe sie in Bezug auf Feuer etwas leichtsinnig gemacht.

Immer fanden diese kleinen Anti-Bösentalschen Triumphe eingedenk eines anderen Vorfahren statt, von dem der Großvater immer wieder gern erzählt hat. Da war einer, der schon einmal gegen die Freiherrlichkeit der zu Bösentals gewonnen hatte, allerdings nicht auf eigene Rechnung, sondern im Dienst einer anderen Freiherrlichkeit, derer zu Zahmenholz. Als nach dem Westfälischen Frieden entschieden werden musste, wem das Patronat der Dorfkirche in Pressendorf zusteht, ritt im entscheidenden Wettritt sein Urur und so weiter -Großvater für den protestantischen Herren, ein Bösentalscher Reiter für die katholische Seite. Klugerweise hatte der Zahmenholz nicht seinen stärksten, sondern seinen magersten Knecht gewählt. Streit um das Patronat hin oder her, seine Pferde lagen ihm am Herzen. Der Bösentaler war aber genauso schlau. Die schmächtigen Reiter preschten das waldige Meinachtal herauf, durch den dichten Tann, den Kopf immer eingezogen, um nicht aus dem Sattel gefegt zu werden, über Premweiler nach Pressendorf. Vor Pressendorf ging es über freies Gelände, aber immer bergauf. Beide schonten ihre Tiere nicht und kamen mit erschöpften Gäulen, deren Flanken schaumbedeckt waren, gleichzeitig an der Kirchentüre an. Unentschieden also. An dem Doppelpatronat hätte sich nichts geändert und die Kirche hätte weiterhin, mit einer Holzwand geteilt, von beiden Konfessionen genutzt werden müssen. Da die Katholiken aus dem Dorf schon fast alle weggeekelt worden waren, machte das keinen Sinn mehr, und der protestantische Reiter schritt für die lutherische Sache zur Tat. Max' Urur und so weiter, schlug respektlos eine Scheibe ein, nahm dann sein Barett und schleuderte es wie eine Frisbeescheibe zielgerichtet Richtung Hochaltar, traf, und so war das dann entschieden. Triumphierend soll er noch gerufen haben: »Wo der Hut, da der Mann!«Da ich selten einen trage, kann ich die Allgemeingültigkeit dieser Parole nicht bestätigen. Ich bin nämlich meistens woanders. Aber in der zu entscheidenden Streitfrage hat es gereicht, ohne dass ein neuer Krieg begonnen wurde oder ein runder Tisch einberufen werden musste.

Die Bösentaler gaben im Lichte der historischen

Erkenntnisse von anno 1670 nach, dafür waren die Bambergisch Bischöflichen wieder unter Bösentalscher Beteiligung in einem anderen Fall, anno 1598, hartnäckig geblieben. Als der Glaubenswechsel des Markgrafen zum Protestantismus in Buchau nachvollzogen worden war, kamen hundert Reiter mit einem katholischen Priester im Schlepptau. Der bezog frohlockend und sich im Schutze der Waffen wähnend die Kanzel, musste dann aber in Deckung gehen, weil ein paar hartnäckig protestantische Knechte auf ihn feuerten. Unter den Kanzelschützen soll auch ein Freyscher Urahn von der Mutterseite, ein wütender Nachfahr des wütenden Schmieds gewesen sein. Die Katholiken hatten aus Respekt vor dem Gotteshaus die Waffen abgelegt, was sich als fromm aber taktisch ungünstig erwies. Sie mussten dann ohne alles und mit dem vor Angst schlotternden Priesterlein abziehen. Aber das war noch einige Jahre vor dem Dreißigjährigen Krieg, der dann alles noch einmal durcheinanderwarf, weil friedliche Abzüge gänzlich aus der Mode kamen.

Der Weihnachtsfriede

Zween glauben vertragen sich nicht wol in eynem bette.
(Altdeutsche Spruchweisheit)

Er findet stets so viel Haare in der Suppe,
als hätten zwei junge Bären darin gerauft.
(Russisches Sprichwort)

Nicht alle Konfrontationen mit den Bösentals verliefen so wettbewerblich mit einem klaren Sieger, manche waren sogar richtig unentschieden. Da man sich bekanntlich immer zweimal trifft, war auch Max das Glück hold, als er mit dem Großvater zusammen im Bösentalschen Wald ein paar Tännchen für Weihnachten geschlagen hatte. Sie hatten kaum aufgeladen und ihr dunkles Versteck verlassen, da kam ihnen ein Schlitten, beladen mit frisch geschlagenen Tännchen, entgegen – aus ihrem Wald kommend. Der Herr zu Bösental und sein Großvater grüßten sich trotz wechselseitig erstaunter Blicke höflich und wünschten sich ein frohes Fest. Haltung bewahren ist eben etwas, was man von der Aristokratie lernen kann. Und zur Aristokratie zählte sich sein Großvater auch ein bisschen, denn ein markgräflich-hohenzollerischer Blaublüter war es, der bei einem Jagdausflug im Frankenwald eine Magd geschwängert haben soll, die dann flugs mit einem Schmied verheiratet worden sei. Zumindest so erzählte es der Großvater, nicht ohne hinzuzufügen, dass dieser Schmied nun in der Ahnentafel herumspuke und nicht mehr rausgerechnet werden könne. Der Schmied war amtlich seines Großvaters Urur und so weiter. Aber irgendwie ums Eck und latent ordnete sich Großvater immer noch über die Hohenzollern in die britische Thronfolge ein, und hier ist wieder der Bezug zur Prozessabstinenz angesichts der verlorenen afrikanischen Besitzungen hergestellt. Sein Bruder habe sich im Ersten Weltkrieg sogar erfolgreich bemüht, an einen Frontabschnitt zu kommen, wo er nicht mit den »Tommies«kämpfen musste, sondern wo ihm der »Franzmann«gegenüberstand. Der genoss keine Schonung, weil schon Napoleon 1812 auf seiner Flucht aus dem russischen Desaster im Wirtshaus der Vorfahren in Wirsberg die Zeche nicht gezahlt haben soll. Es war im Übrigen eines der 114 Wirtshäuser, in denen Napoleon in der Nacht als Flüchtling war. Alle Herbergswirte redeten schlecht über ihn, hingen aber Werbetafeln auf: »Hier nächtigte Napoleon auf seiner Flucht aus dem Russlandfeldzug.«Keiner der Wirte machte sich Gedanken darüber, wie unruhig die Nacht für Napoleon gewesen sein muss bei so viel hin und her.

In der Jahrhunderte alten Fehde der Freys, der Mutterseite der aktuellen Wimmers, mit den Freiherren gab es danach einen Knick, denn der Großvater wurde zum Neujahrsempfang für das Dorf ins Schloss eingeladen und bekam ein Glas Sekt aus den freiherrlichen Gütern in der Pfalz gereicht, nebst einem hochherrschaftlichen Augenzwinkern. Natürlich konnte sich der Großvater später einen Kommentar nicht verkneifen: »So ein Frieden mit denen hält gewiss keine hundert Jahre, und wenn der denkt, ich lasse jetzt seine Tannen in Frieden, hat er sich geschnitten.«Im nächsten Jahr hat man sich im dunklen Tann nicht wieder getroffen, vielmehr hat der Freiherr seinem Großvater ein paar Bäumchen abgekauft und der hat, ohne Max was zu pfeifen, seine Bäumchen im eigenen Wald geschlagen. Das kompromissgeneigte Bemühen des Freiherrn, der gerade in die Politik einstieg, hatte doch eine gewisse Wirkung, und das obwohl er Erzkatholik war und man ihm eigentlich nichts hätte glauben dürfen. Die pazifizierende Wirkung ging so weit, dass Max später sogar Konzerte besuchte, die ein genialer Spross der Bösentalschen Sippe dirigierte. Schon damals kamen katholische Freunde hinzu. Mit seinem katholischen Freund Seppi habe er an den besagten Bächen bei der Schalckenmühle gezeltet. Während Seppi im Kofferradio mit wachsendem Entsetzen die Todesnachricht von Papst Johannes dem 23. hörte, habe er, Max, geangelt. Diesmal mit Angel und Erfolg. Die Forellen hätten dann geholfen, den Schrecken über den Tod des Reformpapstes zu verarbeiten. Und das mitgebrachte Bier half, in die Verschwörungstheorien einzutauchen, wer aus den eigenen Reihen im Vatikan wohl diesem wunderbaren Mann an den Kragen gegangen war.

Diese artfremde Freundschaft allerdings hat der Großvater nicht mehr erleben müssen. Seine arg geschrumpfte Leber hat dem Elend vorher ein Ende gesetzt. So musste er auf seine alten Tage nicht auch noch abstinent werden. Die Großmutter hat sein

Heimgang so geschockt, dass sie sich nach seiner Beerdigung auch gleich zum Sterben hingelegt hat.

Hedonismus und Antiheldisches

Es frißt offt einer die kirschen auß/
und hengt den korb eym andern an halß.
(Altdeutsche Spruchweisheit)

Ziemlich anders war ein Wimmerscher Vorfahr von der Auf-den-Baum-Flüchterseite. Er war nicht nur an sich ziemlich passiv, sondern auch nur im Passivsein beständig, stand also mit der Arbeit als solcher und dem Erwerbsleben an sich auf Kriegsfuß. Er brachte es fertig, einen sehr großen Hof mit seinen Bad-Kissingen-Besuchen komplett zu ruinieren, als Dorfschulze davon gejagt zu werden und wegen der drei Frauen, mit denen er nach der Trennung von Tisch und Bett von seiner Angetrauten zeitweilig zusammenlebte, mächtig Ärger zu bekommen. Nach Bad Kissingen hatte es den Vorfahren gezogen, weil es damals als mondän galt, den eisenhaltigen Natrium-Chlorid-Säuerling literweise zu trinken – trotz der despektierlichen fränkischen Benennung »Rachozibrunzer«, die auf den Brunnen gemünzt war, der nach dem ungarischen Fürsten Rákóczi benannt war. Dieser Pleitier-Urgroßvater hat Max' Großvater von der Vatersseite das zweifelhafte Vergnügen eingebracht, erst Ziegel brennen zu dürfen und dann bei Krupp Granaten drehen zu müssen. Immerhin musste er im Ersten Weltkrieg nicht schießen, sein Eindruck auf den Musterungsarzt war wohl nicht heldisch genug, um nicht zu sagen verheerend.

Auch diese Tradition hat sich bei Max fortgesetzt,

allerdings unter Zuhilfenahme von einer Nacht ohne Schlaf und drei Litern Cola. Das Herzklabastern und der Harndrang waren vom Feinsten. Der Musterungsarzt war wenig begeistert, als Max dran war und beim diagnostischen Griff an sein Gemächt nicht husten wollte, sondern aus Angst vor dem Verlust der Sphinkterkontrolle nach einem Klo verlangte. Der Klogang wurde ihm augenrollend gewährt. Erleichtert war Max dann, aber sein Herz raste, er fror mächtig und er dachte wirklich, sein letztes Stündchen hätte geschlagen. Der Arzt meinte freundlicherweise und mit bedauerndem Unterton, dass so was wie er früher an der natürlichen Auslese gescheitert wäre. Dabei galt das Bedauern wohl weniger dem dürren und zitternden Max als dem Versagen der natürlichen Auslese in den bundesrepublikanischen Weichei-Zeiten. Es war im Unterton sicher auch der ärztliche Rat mitgemeint, die eigene Fortpflanzung aus eugenischen Gründen nicht zu intensiv zu betreiben. Max folgte diesem Rat nicht. Die Folgen der späteren, dann leider doch positiven Nachmusterung blieben ihm durch ungeschützten Geschlechtsverkehr erspart, denn für Frau und Kind wollte der Bund nicht zahlen. Auch hier scheint wieder eine Traditionslinie der Familie auf, die erstaunlich kurzen Schwangerschaften bei den ersten Kindern. Max' erster Sohn, der ihn vor dem Bund rettete, war ein Viermonatskind.

Seine Großmutter, eine Dehlersche aus der Sippe jenes liberalen Urgesteins, Thomas Dehler aus Lichtenfels, hat seinen Vater nach vier Monaten Ehe geboren.

Lichtenfels ist als Stadt der Tümpelschöpfer berühmt geworden, weil die Anwohner im nahen Mühlbach ihre kostbare Habe zum Schutz vor den anrückenden Schweden versenkt hatten. Wahrscheinlich war auch Adelheid aus Pegnitz im Schwedenheer dabei. Als die Schweden weitergezogen waren, wollten die Leute wieder an ihr Gold kommen und versuchten dazu den Fluss mit Eimern auszuschöpfen, was nicht gelang, weil immer wieder was nachlief. Das Gold liegt immer noch da.

Die Dehlersche Großmutter war eine erstaunliche Frau. Eigentlich hieß sie Johanna, weil sie aber immer so albern kicherte, nannten sie alle Hihanna. Sie war eine der ersten Frauen in der Coburger Region, die einen Führerschein erwarb. Allerdings kriegte sie bei ihrem Opel B4 nie den Rückwärtsgang hinein. Dann war kein Mann, der zufällig vorbeiging, vor ihrem Wimpernschlag sicher. Max' Großvater väterlicherseits hat das verballhornt zu »Vipernschlag«. Die vom Wimpernschlag ereilten Männer durften sie dann rückwärts aus der Lücke schieben. Hihanna reiste in Kurzwaren und so erhielten die hilfreichen Rausschieber immer ein paar Knöpfe, Nähgarn oder Gummizüge, vor allem dann, wenn sie die Karre auch noch angekurbelt hatten. Max' Großvater muss sie sehr gemocht haben, obwohl beide auch streiten konnten wie die Kesselflicker. Sehr schön war, was er über den Grund seiner Liebe sagte. Sie habe »Bääla wie gedraht«(Beinchen wie gedreht/gedrechselt) und da konnte er nicht widerstehen, zumal er die Katze ja nicht im Sack kaufen musste. Die Hochzeit fand zwar in Weiß statt, der Pastor hat aber ein bisschen geschimpft, als er nach vier Monaten Max' Vater taufen sollte. Grimmig und ein bisschen abschätzig guckte der Pastor auch auf den Anzug seines Großvaters, denn der war sehr hager, hoch aufgeschossen und zeitlebens magenleidend. Die Länge des Mannes führte zu Hochwasser bei den geborgten Hosen und zu Ärmeln, die weit vor den Handgelenken endeten. Die krankheitsbedingte Überschlankheit ließ alle Kleidungsstücke an ihm schlottern. Er konnte viel, nur rechnen war nicht seine Stärke, obwohl er als Jugendlicher eine Zeit im Adam-Riese-Haus in Staffelstein gewohnt hatte. Das Söhnchen Alf hatte, mitten im ersten Weltkrieg geboren, das Glück, als Zweijähriger auf den Schultern des Großvaters nochmal einen richtigen regierenden Herzog zu Gesicht zu bekommen. Und so lang wie der Großvater war, hatte der Junior eine tolle Sicht. Nur der Opa erzählte davon, der durch und durch republikanische Vater wollte sich an nichts erinnern. Angesichts royaler Bilder in den Zeitschriften beim Friseur, reagierte er auch später immer verstimmt: »Warum haben sie die bloß vergessen?«, und er meinte mit »sie«die französischen und die Oktoberrevolutionäre. Der Opa selbst war als Ziegeleiarbeiter und Gewerkschafter, derzeit dann Granatendreher, auf Heimaturlaub, auch kein Adelsfreund und meinte, er hätte den Herzog Carl Eduard nur noch einmal sehen wollen, bevor ihn der Teufel holt. Das war ein Jahr später dann auch der Fall. Zumindest sein Herzogtum war dann weg, er selbst konnte aber als SA-Führer von 1933 bis 1945 noch ein paar Jahre sein Unwesen treiben und der royalen britischen Verwandtschaft die Schamröte ins Gesicht treiben.

Max hat seinem Vater nicht geglaubt, dass er sich an den jovial winkenden Herzog von Coburg-Sachsen-Gotha in seiner prächtigen Paradeuniform nicht erinnerte. Wieder mal mit einer Randnotiz findet sich: »Coburg, erste nationalsozialistische Stadt Deutschlands: Carl-Eduard Frühnazi, Alf Wimmer Frühnazi – klar man kennt sich nicht!«Max selbst war überzeugt, sich an etwas zu erinnern, wo er noch nicht drei war. Er wuselte durch die Erdbeerbeete der Großmutter, als eine Passagiermaschine in den Beeten landete. Die Maschine sah exakt so aus, wie die DC 3, die er am Tag zuvor in einer Illustrierten abgebildet gesehen hatte. Als er näher rangehen wollte, flog sie plötzlich wieder davon. So konnte er sie anderen nicht zeigen. Und keiner habe ihm geglaubt, alle redeten von blühender Fantasie, von Spatzen im Erdbeerbeet etc. Er sei heute noch wütend auf die ignoranten Erwachsenen. Sie hätten ihm ja auch nicht geglaubt, was im Mietshaus in Schwarzenbach an der Saale aus den Schornsteinluken im ersten Stock herausgekrochen kam. Damals blieb er ganz ruhig und dachte sich trotzig, dann frisst es euch eben heute Nacht. Er habe viele Teller vor sein Bett gestellt, um der Annäherung des Ungeheuers gewahr zu werden und hinter das Bett flüchten zu können. Seine Mutter hat nicht schlecht geflucht, als sie nachts da reingetreten ist und einen Teller zerlegt hat. An Schwarzenbach hat Max sonst keine Erinnerungen.

Es gab da ja auch, notiert er, nichts zu erinnern. Das einzig Erinnernswerte, die begnadete Schwarzenbach-bewohnerin Erika Fuchs, die Micky-Maus- und Donald-Duck-Übersetzerin und Sprachschöpferin, habe er leider nicht persönlich kennengelernt.

Turboschwangerschaften,
retardierte Geburten
und Unsoldatisches

Wer ein mal in der leut Mund kömpt/
kömpt selten unversehrt wider heraus.
(Altdeutsche Spruchweisheit)

Noch einmal zurück zu den Schwangerschaften in seiner Familie, die in ihrer Dauer so deutlich von der Norm abwichen. Vieles über zu früh geborene Vorfahren und in der Fremde geborene Verwandte habe ich allerdings nicht in den Aufzeichnungen und Erzählungen gefunden. Sein Vater, Viermonatskind, und seine Mutter, posthum nach dem Tod des Vaters geboren, sprechen für eine gewisse Erblast. Dass sein Großvater die Karin geheiratet hat, als sie vom Moritz schwanger war, bleibt irgendwie verdächtig, denn Moritz hatte gar keinen Urlaub seit seiner zwei Jahre zurückliegenden Hochzeit. Dass die Großmutter nach Verdun gefahren ist, glaubt auch Max eher nicht. Und an ein alttestamentarisches Eintreten des Bruders für den gestorbenen Bruder glaubte er angesichts der eher heidnischen Grundauffassung Kunos auch nicht. Auf jeden Fall war Moritz dann tot. Das mehr als ein Jahr zu spät geborene Kind im Bauch war aber rechtlich das Kind von Moritz. Man wählte die simpelste Methode der Erbfolgesicherung und Skandal-Vermeidung. Wie gesagt, er ahne so manches, sagt Max, er sei aber beim Nachfragen immer wieder auf granitene Diskretionswälle gestoßen. So habe sein Bruder, der weit herumgekommene Exkapitän, ein Zweimetermann mit Hufeisenbiegerkräften, die Frage nach evtl. Seemannsbräuten nie wahrheitsgemäß beantwortet. Er habe gegrinst, bestenfalls eine Platitude von sich gegeben, vom Gentleman, der genießt und schweigt, oder begonnen ein Lied zu pfeifen. Max fand später heraus, welcher Schlager das war: »Schön und kaffeebraun sind alle Frau'n in Kingston Town ...«Davon konnte er sich in seiner Seefahrtszeit selbst überzeugen. Dass in seiner Familie ab und zu gepfiffen wird, statt zu antworten, veranlasste Max zum leicht verstimmten Kommentar, seine Leute pfiffen eben gerne auf alles Mögliche.

Von der eher unmilitärischen und besonders fruchtbaren Vorfahrenseite gibt es noch von einem schönen Beispiel zu berichten, denn ein ganz und gar unsoldatischer Vorfahr wurde Soldat. Es hieß, er sei vor seinen Schulden geflohen und noch bösartigere Gerüchte besagen, er habe zwei schwangere Freundinnen zurückgelassen, als er als Soldat ca. 1906/7 in Tsingdao landete. Er war ein fescher Bursche, schlank und rank. Sein brauner Wuschelkopf wehte im Takt und die gezwirbelten Schnurrbartenden tanzten mit beim Tanzen, das er mit Leidenschaft betrieb. Keinen Dorftanz ließ er aus. Wie aus dem Ei gepellt, mit Brillantin nicht zu bändigendem Haar, war er ein echter Herzensbrecher. Zivil war er eine Augenweide, als Soldat war er trotz der schönen Uniform eher eine Katastrophe. Weder waren seine Stiefel je richtig geputzt, noch waren seine Kragenknöpfe auch nur einmal richtig geschlossen, ganz zu schweigen von der Reinigung seines Mauserkarabiners, mit der es auch haperte. Immerhin waren seine Haare jetzt kurz geschoren, nur der ausladende Schnäuzer stand noch im Gesicht. Zu den jetzt anstehenden Tänzchen waren sie so besser geeignet. Dennoch, wie er Unteroffizier werden konnte, ist bis heute schleierhaft. Der wiederholte Ausfall des Postschiffs, das sonst auch Bier aus der Heimat brachte, brachte ihm einen Karriereschub. Plötzlich waren seine zivilen Fähigkeiten als Braumeister gefragt. Bevor ordentliches Braugerät anrückte, ein Braukessel und Sudpfannen von der Nürnberger Lederer Bräu und ordentliche deutsche Braugerste samt böhmischem Hopfen und Hefe, da experimentierte er mit Reis und anderen Merkwürdigkeiten in einer Zinkbadewanne aus dem Offizierskasino. Je mehr die Offiziere verdreckten, desto besser reifte sein Produkt. Er pfiff (wieder einer!) auf das Reinheitsgebot und die zunehmend müffelnden Offiziere auch. Gesoffen wurde das Gebräu allemal, da als Alternative nur britisches Bier aus Hongkong zur Verfügung stand, und das war deutschen Patrioten ein Gräuel. Als richtiges Braugerät vor Ort war, legte er sich ins Zeug und braute nach dem Reinheitsgebot, das dann auch wieder für die Offiziere galt. Als die Briten wenig später im Ersten Weltkrieg die Deutschen internierten, machte man ihn aus Durstgründen zum Freigänger und nahm ihn dann später nach England mit, denn als Coburger war er angesichts der Herkunft des britischen Königshauses gar kein richtiger Hunne. Er ging vielleicht auch gerne mit, weil an dem Gerücht mit den beiden Schwangeren in der Heimat etwas dran war. Der Qualität des britischen Bieres hat es leider nicht viel aufgeholfen, obwohl er die gute Bierhefe von Tsingtao nach Liverpool mitgenommen hatte. Wohl aber hat er vorher Verdienste erworben um eine bekannte chinesische Brauerei, deren Aktienkurs noch heute allen Aktionären Freude bereitet.

Das Heldengen
und seine Trümmerwirkung
auf heldische Großväter

Hart gegen hart/
sagte der teuffel/
da scheiß er gegen eyn donnerwetter.
(Altdeutsche Spruchweisheit)

Ein Teil der Vorfahren war rettungslos mit dem Heldengen infiziert. Moritz, den Großvater von der Mutterseite hat eine Granate 1917 vor Verdun zerrissen, weil er mal wieder auf den Feind wütend war und meinte, als Meldegänger die Schlacht allein entscheiden zu können. Seinem schon erwähnten Bruder Kuno, dem Tannendieb und Forellenplünderungsanstifter, der dann die Witwe heiratete, hat es später ganz zivil den Lebensfaden durch eine arg geschrumpfte Leber zerrissen. Steinhäger, der mit Wacholder aromatisierte, westfälische Korn in der irdenen Flasche, soll hierfür der Grund gewesen sein. Im Wilden Westen hätte der Großvater mit seinen ständigen Tiraden und Wutreden nicht lange überlebt. Im wilden Deutschland hat er erstaunlich lange durchgehalten. Immerhin hat er sein Gewerbe als Gastwirt und Posthalter so lange betrieben, dass es zur Legendenbildung gereicht hat, wobei in das Narrativ viel vom Mythos seines Bruders Moritz mit eingegangen ist. Wenn eine Saalräumung anstand,

68

v. a. wenn die Bösentalschen bei der Kirchweih zu zudringlich wurden, dann ordnete er auch ohne Unterstützung des in der Hinsicht kongenialen Bruders eigenhändig Räumung an und – Westfälischer Friede hin oder her – wer katholisch war, flog raus. Der Trauring des 1,90-Mannes ist noch vorhanden, sein Ringfinger war dicker als der Daumen von Max, und so schaffte der alte Kuno meist alleine, was er mit Leidenschaft als eine Art ethnischer Säuberung betrieb. Zusammen mit dem ebenso kräftig gebauten Moritz in früheren Zeiten war das alles noch viel schubkräftiger vonstattengegangen.

Kuno hatte außer »katholisch an sich«noch einen Allergiepunkt, wobei hier hinzuzufügen ist, dass er nicht protestantisch gläubig war. Er war ja eher heidnisch, auf jeden Fall war er aber dann protestantisch, wenn es galt antikatholisch zu sein. Die zweite Allergie betraf das fahrende Volk. Wenn nur irgendetwas an »Zigeuner«erinnerte, ging er regelmäßig hoch. Alf, der Vater von Max, provozierte ihn deshalb gerne mit dem Pfeifen von «Als flotter Geist doch früh verwaist ...«, aus dem Zigeunerbaron von Johann Strauß. Hier merkt Max mündlich an, dass das Lied an sich z. B. in Aufnahmen wie der klassischen von Richard Tauber sehr gut klinge. Nicht mehr so gut klang es nämlich dann (und da hört sich Max beim Erzählen regelrecht verstimmt an), wenn der Vater im Überschwang vom Pfeifen zum Summen und dann gar zum Singen überging. Die musikalische Bildung seines Vaters stammte vom Lehrerseminar und hatte ihre Grenzen. Diese Form der Musikbildung war der eigentliche Grund, warum Max Klavier lernen musste, damit der Vater mit seinem grauslichen Gefiedel an Heiligabend nicht mehr die Bescherung akustisch vermurksen konnte. Seine weitere musikalische Bildung beschreibt Max allerdings als ziemlich desaströs. Der Musiklehrer am Gymnasium (genannt »Bumpers«) war ein bekennender Frühstücks-Biertrinker und Schafkopfer. Damit er mit den Jungs seiner Leidenschaft dem Schafkopfen nachgehen konnte, brauchte er Bier, das sie im Geigenkasten aus der nahen Kneipe holten. Dann legte er eine Wagnerschallplatte auf, und wer wollte, konnte Tannhäusern oder Lohengrinen, die anderen schafkopften. Wagner hat er wohl deswegen gewählt, weil der Lärm am ehesten ihr Kartenklopfen und Kontra- und Re-Gebrüll übertönen konnte. Besonders laut wurde es bei den weiteren, in Franken gepflegten Steigerungsformen von Re: Mord und Hirsch. Zur Ehrenrettung von Bumpers muss gesagt sein, dass er sie nicht an sein Bier ranließ. Allerdings drängte er Max immer seine Wagnerplatten auf, weil er wusste, dass der von seinem Vater einen Bildungsauftrag bekommen hatte. Der Vater hatte immer eine Karte für die Festspiele aus dem Kontingent der Lehrergewerkschaft, und Max musste sie in der Nachbarstadt Bayreuth bei den Festspielen abdienen. Den infernalischen Lärm und die Fülle der zu vielen Noten habe er wie Mark Twain auf seiner Europareise empfunden. Auch Verdis Lohengrin-Kritik zitiert er in seinen Erinnerungsblättern (»... Handlung schleppend. Viel Verve doch ohne Poesie und Feinheit«) und ebenfalls abgeheftet findet sich Rossinis: »Wagner hat gute Momente und schlechte Viertelstunden.«Bumpers aber war von Wagner und von Max' Wagnerwallfahrten begeistert. Vorher schon hatte er Opernbegeisterung auslösen wollen und deswegen ihre ganze Klasse in eine Freischützaufführung in Coburg gezerrt. Die Arie »Durch die Wälder durch die Auen«kam bei den meisten Klassenkameraden nicht mehr an, da sie dem Coburger Hofbräu zu sehr zugesprochen hatten. Ähnlich desaströs war ein »Rake's Progress«in der Deutschen Oper in Berlin. Einige meinten wohl den Niedergang des Helden nur nachvollziehen zu können, wenn sie ebenso viel soffen.

Das einzige Lied, was er bei Bumpers gelernt habe, sei ein ukrainisch-slowakisches Volkslied (»Gehe nicht o Gregor, gehe nicht zum Abendtanze ...«). Er musste es mangels anderer Kenntnisse bei diversen Jugendtreffen mit Italienern und Franzosen aus den Partnerstädten als Beispiel deutscher Folklore am Lagerfeuer vortragen. Keinen hat die Herkunftsfrage beschäftigt. Nur wenn er nach dem einen oder anderen Bierchen mehr auf Dacapo-Wünsche einging und er das Lied auch noch in einem leicht besoffenen Pseudo-Slowakisch vortrug, wuchsen Zweifel bei den Zuhörern an der Reinheit des deutschen Liedgutes.

Der grimmige Großvater

Es ist schwer/
große narrheit unter wenig pappier zu verbergen.
(Altdeutsche Spruchweisheit)

Vom Großvater gibt es noch eine Menge zu erzählen. Zuerst einmal muss erklärt werden,
warum der Zigeunerbaron für ihn so enervie-
rend war und woher die Wut des alten Kuno auf das
fahrende Volk stammte. Grund war wieder einmal
der gegenreformatorisch aktive Freiherr zu Bösental,
hatte der doch im 19. Jh. Roma im Nachbardorf an-
gesiedelt, um das katholische Element im Frankenwald zu stärken. Nicht nur die Leute von der Groß-
vaterseite, sondern das ganze Dorf reagierte darauf
mit Empörung. Der ewig stänkernde evangelische
Pastor und dann der Bismarcksche Kulturkampf
gegen die katholische Kirche taten ein Übriges. Das
Ergebnis war hier im Zentrum des Frankenwaldes
eine haltbare Dorffeindschaft mit allem Drum und
Dran: Apartheid, Maibaumklauen, Kirchweihschlä-
gereien, apotropäische Besenreiser an den Türen und
Schlimmeres. Auch im 20. Jahrhundert tobten beim
Fußball noch wahre Glaubensschlachten zwischen
den verfeindeten Dörfern. Großvater Kuno gab immer zügig Freibier aus, wenn der Gegner gedemütigt
und zum Trost, wenn der Schiedsrichter mal wieder
parteiisch war. Andere Gründe für Niederlagen gab
es nicht. Einem solchen Schiedsrichter begegnete
der Alte beim Kirchweihgottesdienst in der evangeli-

schen Kirche. Er konnte sich nicht zurückhalten und raunzte ihn an, er habe in seiner evangelischen Kirche nichts verloren, er sei ein Fußballkatholik. Seine eigene, zweifelhafte Besuchslegitimation stand da nicht zur Debatte, denn aus Glaubensgründen war er nicht in der Kirche, sondern nur, um sich bei der Kundschaft sehen zu lassen. Sonst hielt er es eher mit dem, was man in Franken die »klaa Kerng«(die kleine Kirche) nannte, das Wirtshaus neben der Kirche, wo zur Gottesdienstzeit schon eine prächtige Runde versammelt war – nur »Männerleut«. Die »Weiberleut«gingen brav zum Pastor. Der predigte immer nur kurz, um dann noch rechtzeitig zum Frühschoppen dazustoßen zu können. Seine offizielle Begründung für die Kurzgottesdienste war, dass die Frauen am Sonntagmorgen Zeit brauchten für die Herstellung des Grundnahrungsmittels für ihre Lieben. Die Frauen waren nämlich stundenlang damit beschäftigt, sorgfältig die Klöße zuzubereiten, während die Männer die Wartezeit mit einigen Erfrischungen überbrückten.

In den Wirtsstuben der damaligen Zeiten wurden noch echte Geschichten erzählt und zwar immer wieder. Der Großvater Kuno war ein Pferdenarr und soll in einem Schneegestöber sein müdes Postpferd auf den eigenen Schultern zum Stall gezerrt haben. Die Geschichte war ab einem bestimmten Pegelstand immer wieder dran. Seine Spezialmethode für lahmende Gäule bestand in Urinbehandlungen der kranken Fesseln. Natürlich nur mit dem eigenen Saft. Er lebte vom Fremdenverkehr, aber er mochte die Gäste alle nicht und musste sie doch vom Bahnhof Untermeinach 10 km in den Frankenwald fahren. Er ist den Fremden skeptisch und wortkarg begegnet und wurde auch in einem Fall mal strenger pädagogisch, weil die Gäste an einer Steigung nicht aus dem Landauer aussteigen wollten und im Wagen sitzen bleibend herummaulten. Er hat einfach ausgeschirrt und ist nach Hause geritten. Das Essen sei für die spät Eintreffenden aber warmgehalten worden. Die Großmutter war da sehr korrekt, und wenn sie ihren Zweitmann schon nicht ändern konnte, so versuchte sie doch nach Kräften seine negativen Einwirkungen zu kompensieren. Sie hatte auch noch eine freundliche Unterstützerin im Dienstleistungsgedanken, die Magd Luise. Sie war eine Erzfränkin, d. h. außer Klößen vertrug sie keine Beilagen. Weil es auch kloßfreie Tage gab, mit ihr verhassten Makkaroni (»Italienerbampf«), Salzkartoffeln (»Preußenglump«) oder Reis (»Chinesenfraß«), briet sie sich alte Kartoffelknödel in der Pfanne. Wenn die schon Schimmel zeigten, griff sie beherzt zum Rasiermesser, das sie nur für diesen Zweck hatte. Ihren eigenen Bart aber ließ sie wachsen. Als die Großmutter bereits pelzbesetzte Klöße in den Abfallkübel gekippt hatte, holte Luise sie wieder raus. Die gütige Großmutter schüttelte resigniert den Kopf und seufzte dann tief: »Daran wirst du noch einmal sterben!«Woraufhin Luise patzig und mit Seitenblick auf den Großvater antwortete: »Besser daran als am Suff!«Luise war eine große Hilfe und zu allen Gästen freundlich. Klaglos putzte sie weg, was Max nach einem vorschnellen Versuch erwachsen zu sein ausgekotzt hatte. Er hatte bei einer Beerdigung Backsteinkäse versucht, einen rotschimmeligen Frankenwäldler Traditions-Leichenschmaus, der so roch und schmeckte, als hätte er die Fähigkeit, sich bereits selbst fortzubewegen. Übler als Limburger oder Romadur! Der Allgäuer Name »Backsteinkäse«ist eine grobe Irreführung, denn es handelt sich um keine feste, sondern eine wabbelige, vom Rotschimmel kaum zusammengehaltene Masse, die einmal angeschnitten zu laufen anfängt. Ich vermute diese Art Leichenschmaus wurde im Frankenwald wegen ihrer geruchsmalenden Eigenschaften in Hinsicht auf einen Todesfall gewählt. Max aß davon, dazu ein Zug an einer Zigarre eines Gastes und einen Schluck von einem Bier. Er war fünf. Das musste wieder raus. Die gute Luise brummelte nur in ihren durchaus erheblichen Damenbart hinein: »Das lernst du schon noch«und kochte Kamillentee.

Der Großvater jedenfalls hatte auch vor ihr Respekt und hat mit Rücksicht auf seine Frau Feriengäste kein zweites Mal einfach stehen lassen, denn die Großmutter war kampfstark, und er konnte sich bei ihr nie richtig durchsetzen. In der Wirtsstube war er der Held, in der Küche und sonst im Haus war er chancenlos. Zusammen mit Luise war die Großmutter unüberwindlich. Für beide galt eindeutig der Spruch: »Dass Frauen das letzte Wort haben, liegt eindeutig daran, dass Männern nichts mehr einfällt.«Der arme Kuno! Mit allen Gästen hatte er so seine Probleme. Berliner Kinder, häufige Feriengäste zum Aufpäppeln, mochte er gar nicht. Er verachtete sie als notorische Städter. Als so eine Großstadtgöre bei einer Stallbesichtigung angesichts des Hornviehs in Begeisterung ausgebrochen war: »Watt denn Hirsche habter ooch!«, brummelte der Großvater nur – auf die Boxen deutend: »Stell dich dazu, a Rindviech a damisches bist du scho lang!«Günstig bei dieser Art der Interaktion war nur, dass die Berliner Gören nichts vom Fränkischen verstanden, während Max mit ihnen berlinerte, da er schon damals ein Fremdsprachenfaible entwickelt hatte. Seine Versuche den Berlinern die Feinheiten des Fränkischen zu erklären, scheiterten schon am ersten Merksatz: Wo die Hosen Husn haaßen und die Hasen Hosn haaßen ... Die Berliner verstanden nicht, warum sie sich mit so einer merkwürdigen Fremdsprache abplagen sollten.

Der grimmige Großvater und sein Hauptgegner: Er selbst

Manchen narren bringt sein eygen glück umb.
(Altdeutsche Spruchweisheit)

Mit Alf, dem Vater, der den Gaststatus nie verlor, gab es immer Probleme. Als der dem Großvater mal im hügeligen Gelände einen Heuwagen umgekippt hatte, kriegte der Alte sich einen ganzen Nachmittag nicht ein und schrie immer wieder: »Der Sauhund, der Dunnerwetter Sauhund.«Das hat das Vaterbild von Max nachhaltig erschüttert, zumal sein Vater ihm nicht erklären wollte, was ein Sauhund eigentlich ist. Er hat manche Frage einfach ignorant übergangen, bestenfalls grinste er, fing an zu pfeifen und sagte lachend: »Das merkst du schon noch, und denk dran: Immer Respekt vor alten Deppen!«

Das Wirtshaus bot Max viele Anregungen. Da auch Zigaretten am Schalter für das Hausbier verkauft wurden, lernte er anhand der Packungsaufschriften lesen. »Salem«, »Overstolz«und »Eckstein«waren seine erste Lesefibel. Als er dann richtig zu lesen begann, las er auf einem Kalenderblatt »Mariä Empfängnis«(8.12.). Als fränkischer Muttersprachler las er das wie »im G'fängnis«. Auch da wollte ihm sein Vater die Frage nicht beantworten, was Maria ins »G'fängnis«gebracht hat. Er wusste ja, dass ein Nachbar dort gelandet war, weil er seine Frau erschlagen hatte. Also meinte er, müsste Maria ja auch so was Schwerwiegendes getan haben. Immerhin konnte er bald danach das Wort »Empfängnis«entschlüsseln, weil es im Bücherschrank eine umfangreiche zweite Reihe mit einschlägigen Aufklärungswerken gab – übrigens hinter den Goethe- und Schillerbänden. Da dachte der Vater wohl, dass er nicht dranfassen würde ...

Der grimmige Großvater war eigentlich nur zu Max nicht grimmig und bei seiner Karin hat er sich nicht getraut. Belesen wie Max ist, hat er auch hierfür ein passendes Zitat, Li Bais Verdikt aus der chinesischen Tang-Zeit: »Wer einen Sieg über sich selbst errungen hat, gilt als stark. Wer einen Sieg über sein Weib errungen hat, lügt.«Und Kuno versuchte gar nicht erst zu lügen, außer wenn jemand nach seinem Jagdgewehr fragte.

Als die amerikanischen Besatzer kamen, hat er seine Büchse trotz Verbot behalten und mit Wilderei – bevorzugt in den Bösentalschen Wäldern – zum reichhaltigen Mittagstisch beigetragen. Die mögliche Todesstrafe für Waffenbesitz schreckte ihn nicht, denn er meinte, weil ihm schon die Nazis sein Gewehr wegnehmen wollten – und es nicht fanden, so könne er diesen Erfolg den Befreiern nun erst recht nicht gönnen. Die Nazis hatten mit ihm ihre Probleme, da er als Frühnazi und Dorfbauernführer 1934 wieder aus der Partei ausgetreten war, weil er die jetzt hochgekommenen Vertreter als »SA-Geschmeiß«verachtete und weil er weiterhin sein Vieh über den jüdischen Viehhändler Simon vermarktete. Da er den neuen Herrschern die fehlende Achtung auch zeigte, machten sie ihm die Hölle heiß. Das einzuziehende, aber verlorene Jagdgewehr fanden sie aber trotz Beugehaft nicht. Irgendwo im Wald war die Büchse versteckt, und da kamen Reichsjägermeister Göring und seine Getreuen nicht hin und später auch kein Ami. Die letzteren mochte er auch nicht. Er war fuchsteufelswild wegen seiner Uhrensammlung, die sich unter Besatzungseinwirkung etwas dezimiert hatte. Er hatte einfach das Heldengen und die Tendenz zum Shootout, mindestens zum Cry-out. Nur seine Kathi mit ihrem Sauerbraten schaffte es den angesichts des leeren Waffenschranks neugierig gewordenen und vom Opa beschimpften amerikanischen Offizier zu besänftigen. Gestenreich machte sie ihm klar, dass sie selbst am meisten unter den Schimpftiraden litte. Und sie wirkte mit ihrem grauen Dutt, in ihrer weißen Schürze um 120 kg Lebendgewicht herum immer sympathisch. Sie soll sogar ein paar Brocken englisch verwendet haben. Der Vater von Max war anwesend und hat Übersetzungshilfe geleistet mit den Formulierungen »old fool« und »idiot but good-natured«. Ob es nun der Sauerbraten war oder die psychologische Deutung des großväterlichen Verhaltens war, der Besatzungsoffizier aß, bedankte sich und ging seiner Wege. Der Großvater ging in den Wald und kam mit zwei Hasen wieder.

Der Vater und der Großvater: Vorgeschichte

Je sehrer man in ein hitzig hertze bläst/
desto hefftiger es anfängt zu brennen.
(Altdeutsche Spruchweisheit)

M ax' Vater und der Großvater mochten sich einfach nicht. Sein Vater trug ihm nach, dass Kuno freigestellt in der Heimat war und der Frau seines Bruders nachstellte, als der andere Bruder heldenhaft vor Verdun im Felde war bzw. als toter Held teilweise vor Verdun lag. Und für den Großvater war der mittellose Schulmeister nichts anderes als ein Erbschleicher, dazu noch ein mit zwei linken Händen ausgestatteter. Der Großvater stand seinem Vater nur einmal zur Seite, gegenüber ungebetenen Gästen, mehr aus Prinzip denn als Hilfe für seinen Vater. Denn der hatte eine Verlobung in seiner Heimatgemeinde gelöst, um sich Max' Mutter zuzuwenden. Nun kam diese Heimatgemeinde zu Besuch und wollte Kranzgeld mit Fäusten erstreiten und seinem Vater eine Abreibung verpassen. Das ging dem Großvater und widerwilligen Schwiegervater zu weit und er räumte – diesmal protestantische Streitlustige. Den Vater von Max hat er dennoch nicht liebgewonnen. Der Großvater hat Johann Ohneland, wie er seinen Vater nannte, nicht verziehen, dass er das Töchterchen wegschnappte, ohne auch nur einen Morgen Land in die Beziehung einzubringen und fast noch schlimmer war, dass er mit den Uhrendieben aus God's own land fast freundschaftliche Beziehungen pflegte. Er hat also nicht nur den Besitzstand nicht gemehrt, sondern dessen Minderung komplizenhaft gedeckt. Besonders gefuchst hat den Großvater, dass sein Vater mit ihm nicht streiten wollte. Max erzählt, er habe dem Großvater sicherheitshalber nicht verraten, was der altdeutsche Lieblingsspruch seines Vaters war: »Wer mit einem Drecke streitet, er gewönne oder verlöre, so bekompt er doch beschissene Händ'.«Und noch etwas Katastrophales war passiert: Sein Vater war ein begnadeter Autofahrer und beidseitig linkshändiger Selbstschrauber. Seine technischen Kompetenzen rührten vor allem aus dem Russlandfeldzug und waren deshalb nicht so ohne weiteres ins Zivilleben übertragbar. Für die sonntägliche Ausfahrt mit der Schwiegermutter hatte er die Räder wohl einen Tick zu achtlos gewechselt. Auf jeden Fall fuhr der Wagen plötzlich auf drei Rädern, bekam einen unerwünschten Drall und landete im Dorfweiher. Großvater musste retten. Die Großmutter zuerst, dann das Auto. Stark wie er war, waren ihre 120 kg Lebendgewicht kein Problem für ihn, allerdings musste ein Gummistiefel dran glauben. Der wurde erst beim Ablassen des Teiches wiedergefunden. Der Großvater hatte sich strikt geweigert, den Vater schon mal vorweg rauszuziehen. Also blieb er im Wagen und ließ sich von den Pferden samt dem Wagen an Land schaffen. Als er dem Großvater dann triumphierend einen seiner Karpfen zeigte, der sich in der Autotür verfangen hatte, wäre es fast zur Schlägerei gekommen. Die Großmutter hat ihre Sympathie für Alf nie verloren und ist trotz Kunos Verbot später noch öfter mit Alf im Auto unterwegs gewesen. Die einzige Kritik, die sie an ihm anbrachte, war die, dass er zu wenig esse. Dass diese Kritik völlig unberechtigt war, zeigte sich in den folgenden Jahren mit dem steten Aufwuchs der Kleidergrößen von Alf Wimmer. Da er durchaus der Selbstironie fähig war, bemerkte er, dass mit jeder Locke seines einst vollen Haupthaares, die ausgefallen war, ein Kilogramm dazugekommen war. Das war gewaltig untertrieben, meint Max, denn so wie der Vater sein Haar vom unteren Rand seiner Tonsur über die Glatze hinüberstrählte und mit Haarspray befestigte, sprach das eher für 30 kg Zugewinn.

Der Großvater und die Karin

Wer mit eym weib kämpffet/
der ist übel dran: gewinnt er/
so wird sie ihm feind/
verleurt er/
so spottet sie ihm/
darum ist schweigen das best.
(Altdeutsche Spruchweisheit)

Der Großvater hat seine Frau Karin in Ehren gehalten und immer verteidigt. Die brauchte aber keinen Verteidiger. Als Herrin über mächtige Bratpfannen und mit Oberarmen von Oberschenkeldicke war sie auch bei angetrunkenen Gästen gefürchtet. Verehrt wurde sie vom legendären Heiner, dem Tierarzt. Den ließ der Großvater dafür aus Prinzip nicht an seine Pferde ran. Heiner konnte zehn Knödel und dreimal Gänsebraten auf einmal verdrücken. In seinem Wagen gab es einen Spezialsitz, der Rücksitz dahinter war raus. Aufgrund seines Wanstes kam er zwar an die Teller ran, die er auf seiner Wölbung platzierte, nicht so gut kam er aber an das zu behandelnde Vieh. Er beobachtete mehr und instruierte die Bauern, was sie zu tun hatten. Er war so eine Art Proto-Maoist, merkt Max ironisch an: »Gib Hungernden keinen Fisch, sondern lehre sie angeln!«Wenn er doch Hand anlegen musste, konnte es sein, dass er mit einem Arm seitwärts gedreht in der Kuh steckte und weinerlich quengelte: »Mei geht des schwer, hab' ich einen Hunger.«Es gab dann einsichtige Bauern, die ihm in die freie Hand ein bisschen Pressack oder Leberwurst zureichten, Brot musste nicht unbedingt sein. Keine Kirchweih versäumte er. Da es drei Wirtshäuser im Dorf gab, konnte er dreimal essen. Das sah er als notwendig an und als seine Prominentenpflicht, denn seine Klientel verkehrte in allen drei Gasthäusern. Sobald er hupend ins Dorf einfuhr, füllte die Großmutter Karin den ersten Teller, um ihn parat zu haben, wenn er sich niederließ. Sie war fest davon überzeugt, ihn jedes Mal wieder vor dem Hungertod retten zu müssen. Die despektierliche Kommentierung des Großvaters, Heiner sei gefräßig und das solle man nicht schönreden, konterte die Großmutter trocken mit: »Wo viel ist, geht viel rein, und außerdem ist Heiner Arzt und weiß, was dem Menschen frommt.«Heiners Durst war ebenfalls sagenhaft und viele wunderten sich, wie er jedes Mal wieder seinen Mercedes durch die engen Dorfstraßen heil nach Hause brachte. Nach der Höhe seiner persönlichen Bier- und Schnapszuladung und ihrer Auswirkung auf die Verkehrstüchtigkeit befragt, erwiderte er lachend, dass man hier ja gar keine Schlangenlinien fahren könne. Dazu seien die Straßen zu eng. Man müsse immer nur den Bäumen am Rand ausweichen, dann käme man überall hin. Der Dorfsheriff war der Frager, und er beließ es dabei, denn ein Tierarzt war ein VIP und Promillegrenzen gab es noch nicht. Außerdem handelte es sich um Bayern. Als Heiner einmal seinen Wagen oben im Dorf geparkt hatte und sich gerade bei der Großmutter im Biergarten niedergelassen hatte, rollte ein damals noch seltener Mercedes vorbei. Kauend und begeistert rief der Viehdoktor: »Schau an, noch einer mit so einem feinen Wägelchen!«Es war aber sein Wagen, der dann an der Dorflinde jäh zum Stehen kam. Auf den Schrecken hin soll er besonnen reagiert und Rehragout nachgeordert haben. Max hat neulich nochmal nachgeguckt, und erzählt betrübt, dass die Linde weg sei. Auch andere müssen sie als Bremshilfe an der Steigung genutzt haben oder aber das Dorf wurde autogerecht umgestaltet.

Der Großvater hatte ein zu Heiner konträres Temperament. Die Heinersche ruhige Art mochte er gar nicht. Der alte Kuno konnte dagegen schimpfen und gnadenlos spotten. Statt gefüllter Teller liebte er viel mehr gefüllte Gläser. Pakete der New-Yorker-Verwandtschaft mit reichlich Tabak und Leckereien tat er ab mit: »Ich lasse mich nicht bestechen. Die wissen genau, was für Lumpen ihre Landsleute sind.«Aber er hatte so, da nicht ganz prinzipientreu, auch in schlechten Zeiten immer was zu rauchen. Als die Schwester von Max von einem USA-Aufenthalt in den Fünfzigern Popcornmais schickte und er mit seiner Mutter die beiliegende Anweisung zur Erzeugung von Popcorn studierte, lachte der Großvater lauthals und meinte, dass wir Hühnerfutter schon noch selbst hätten. Als dann das ohne Deckel gepoppte Popcorn sich in der Küche verteilt hatte, triumphierte er: »Nix wie Scherereien mit denna Amis!«Das Verteilen von Sachen aus dem Topf in der Küche war übrigens auch eine Familienspezialität. Max spottet darüber zwar, aber wer ihm beim

Kochen zusieht, muss erkennen, er macht es nicht besser. Die von ihm gerne delegierte Nacharbeit an mit Saucen verklebten Fliesen, zugematschten Herdflächen und verstopften Abflusssieben nach seinen Kochorgien wird in der Familie gehasst. Doch es geht noch schlimmer, dazu gleich mehr.

Die Mutter so stolz

Eine getrewe mutter sihet mehr mit eynem/
dann der vather mit zehen augen.
(Altdeutsche Spruchweisheit)

M ax' Mutter, eine Frey, war Bauern- und Gast-
wirtstochter in Grafenholz und hatte als
Lieblingsspielplatz den großen Dachboden.
Dort fand sie als Fünfjährige eines Tages ein Holz-
püppchen, fast so groß wie sie selber. Sie dachte, dass
das vom Großvater ist, der gerne geschnitzt und ge-
drechselt hat. Für sie und ihren Bruder hatte er eine
Wiege gebaut und Pferdchen und Wagen aus Holz
gearbeitet. Sie nahm das Püppchen an sich, setzte es
in einen Leiterwagen und stattete es mit Kleidung
aus. Nun hatte sie ihr »Doggerla«(fränkisch für Püppchen). Und zog damit durch das Dorf. Einzig störend
an der Puppe waren ihre merkwürdigen Rückenfort-
sätze, sodass sie immer aufrecht oder auf dem Bauch
schlafen musste. Als die Kleine damit einmal stolz
vor der Kirche spazieren fuhr, sie wollte nämlich den
Pfarrer fragen, ob man Puppen taufen könne, stand
ein fremder Herr vor ihr, der plötzlich erbleichte und
ganz elend aussah. Er stammelte nur »Oh Gott, oh
Gott!«. Bald hatte er sich aber wieder im Griff und
murmelte für das Kind unverständlich: »Ich weiß,
du sollst den Namen des Herrn nicht unnützlich
im Munde führen, jetzt aber muss ich, sonst fluche
ich!«Und schwupps, beschlagnahmte er Mamas
Puppe. Ihr Weinen und Zetern halfen gar nichts. Es

stellte sich nämlich heraus, dass der fremde Herr der Landeskonservator der Evangelischen Landeskirche war, der den Bestand in der kleinen Dorfkirche erhob. Entsetzt war er, weil er so profan gekleidet und in den Händen eines Kindes fand, was eine verschollene Engelsfigur aus dem frühen 16. Jahrhundert war. Wie sie auf den Dachboden der Großeltern gekommen war, wusste kein Mensch. Nun war sie gerettet, und renoviert ist sie heute noch im Kirchenraum zu besichtigen. Seine Mutter hatte eine Lehre betreffs Fundsachen bekommen und sammelte so zeitlebens irgendwas, meist Wertloses, in der Hoffnung auf einen neuen Schatzfund. Vor allem ihre Briefmarkensammlung umfasste viele Schuhkartons, eine blaue Mauritius ist aber nicht aufgetaucht. Ertragreich war das Sammeln nicht, eher nur umfangreich. Mit allem was sie an sich zog, war sie nur begrenzt erfolgreich. Auch kam der Großflughafen nicht dorthin, wo sie eine Wiese erstanden hatte und bei der zweiten Wiese kam der projektierte Stausee nie. Den Bau von Ferienwohnungen hatte ihr Neffe als Nabuvorsitzender mit der Gründung eines Landschaftsschutzgebietes schon lange hintertrieben.

Dirk, der ältere Bruder von Max, stand ohne Wenn und Aber zu ihr und half der Mutter immer gern. Er war doppelt so breit wie der hagere und früher fast schon dürr zu nennende Max, außerdem gut im Saft und in körperlichen Auseinandersetzungen erprobt. Dafür zeugten gelegentlich im Urlaub Gesichtsverzierungen, die er »farbige Ankerklüsen«nannte. Gemeint waren blaue Augen, denn nicht immer war er

Sieger. Sein loses Mundwerk führte nämlich leicht dazu, dass sich mehrere gegen ihn zusammentaten. Als er, der Kraftmensch, der Mutter beim Öffnen des neuen Schnellkochtopfs helfen wollte, ließ er sich vom Widerstand des Topfdeckels nicht irritieren, setzte seine ganze Seebärenkraft ein und verhalf der Decke so zu einem ganz neuen Farbmuster. Seine Mutter war so stolz auf ihren starken Sohn, dass sie, als der Fleck nach dem Übermalen zurückkam, einfach einen farbigen Rand um den Fleck malte und allen Besuchern lächelnd ihre persönliche Sixtina präsentierte. Sie mochte den großen Sohn halt besonders und glättete immer alle Wogen, wenn der etwas ungebärdige Rüpel mal wieder Unheil angerichtet hatte.

Einmal sammelte ihn die Polizei ein, weil er über das Dach des Reihenhauses eine Einstiegsluke gesucht hatte – wohl, weil er den verdammten Schlüssel verloren hatte. Wie alle Betrunkenen hatte er ihn unter der nahen Straßenlaterne gesucht – wegen der besseren Lichtverhältnisse – ihn aber nicht gefunden, merkt Max spitz an. Es kann auch sein, dass er ihn noch hatte, aber einfach nicht ins Schloss kriegte. Das erzählt Max mit Häme in der Stimme und fährt fort: Infolge einiger alkoholischer Getränke und deshalb beeinträchtigter Steuerbord-Backbord-Unterscheidung war er allerdings im Schlafzimmer des Nachbarn gelandet. Der hatte die Aufforderung ruhig weiterzuschlafen ignoriert und die Ordnungsmacht gerufen. Sein Vater nahm die Eskapade recht besonnen auf und bemerkte gegenüber den Polizisten, dass sein Junge doch wohl unbestritten ein guter Kletterer sei, wenngleich er bei der Seefahrt vielleicht ein bisschen das Gefühl für die Orientierung an Land verloren habe. Immerhin war der Vater durchsetzungsstark genug, seinem Bruder in der Situation den Mund zu verbieten, denn der wollte gerade einige unschöne Charaktereigenschaften der Polizisten, der Nachbarn und der Landratten im Allgemeinen thematisieren. Dass der Nachbar die Polizei gerufen hatte und damit einen Fleck auf der weißen Schulratsweste seines Vaters platziert hatte, hat der, glaubt Max, nicht verziehen. Er wisse noch, dass der Vater immer sehr sehr früh, noch im Dunkeln, zum Spargelstechen in den Garten zog und oft reich beladen mit Spargel, Erdbeeren und Radieschen zurückkam. Was sie da verdrückt hätten, könne niemals aus dem eigenen Garten allein gestammt haben. Max animierte er, mit seinem Tonbandgerät das dumme Getratsche der Nachbarin aufzunehmen. Er wollte sich abends darüber verlustieren, vernahm dann aber die Kommentare der Mutter gegenüber der Nachbarin zusätzlich. Er war dann sofort der Meinung: »So was macht man nicht, heimlich aufzeichnen«, und Max musste ein einmaliges Ragout-fin-Rezept (fränkisch gesprochen Ragguh Feng) samt Fremdgehgeschichte des Pastors löschen.

Der Vater,
gelegentlich auch Held

So subtil/
schlipfferig und alfentzerisch eyner ist/
wenn er schon auf alle seiten abgerecht und abgespitzt ist/ Gott
merckt alles/
und ergreifft ihn in seyner Schalckheit.
(Altdeutsche Spruchweisheit)

Auch wenn sein Vater nach sieben Jahren Solda-
tenerfahrung dem Heldischen nicht mehr sehr
zugeneigt war, er konnte auch tapfer sein. Von
einem Zöllner nach einer Helgolandtour nach dem
Tascheninhalt befragt, antwortete er in aller Ruhe,
er sei Gemeindeältester und Zeuge Jehovas, und die
trinken und rauchen bekanntlich nicht. Oder wisse
der Herr – kurzer Blick auf die Achselstücke und
dann korrekt – der Herr Zollhauptmeister – nichts
davon? Der verblüffte Zöllner winkte ihn samt seinen
drei Whiskyflaschen durch. Max vermutet, der Kon-
trolleur fürchtete, bei längerer Unterhaltung einen
Wachtturm kaufen zu müssen.

Ende 1944 war sein Vater den Krieg leid gewesen,
er wollte von der Westfront nicht auch noch (wieder)
nach Osten, wo er schon beim Einmarsch gewesen
war. Seine Neigung, nun die Russen in Schlesien
aufhalten zu sollen, war sehr gering, zumal er der
Qualität der Truppenversorgung und insbesondere
dem dortigen Wein misstraute. Und so suchte er,

von Dijon abkommandiert, Unterschlupf bei einem pfälzischen Weinbauern in der Nähe von Landau. Der Bauer – übrigens Trumpf geheißen – versteckte ihn bei ungebetenem Besuch der Kettenhunde der Feldgendarmerie und der mordlustigen Werwolfjüngelchen im hintersten Winkel des Weinkellers. So sah sein Vater seiner drohenden standrechtlichen Erschießung wegen Desertion inmitten gepflegten Rebensaftes stets in gehobener Stimmung entgegen. Als dann endlich die Amerikaner kamen, zeigte der Winzer sein Talent als Gastgeber und sein Vater bekam nach zwei Tagen Entlassungspapiere. Die verlegte er aber sofort, um bis zur Lese noch ein bisschen bleiben zu können. Bei Wein, Saumagen und Leberwurst war das Kriegsende für ihn das reine Vergnügen.

Diesen Teil der Geschichte seines Vaters erzählt Max gerne und mit einem Schmunzeln. Wenn er von seines Vaters nicht seltenen cholerischen Anfällen berichtet, die sich gegen ihn, den jüngeren Sohn, richteten, weil bei der Mutter keine Wirkung zu erzielen war, da wird Max' Ton ernster. Richtig von Ekel geschüttelt wird er beim Erzählen von den Essgewohnheiten des Vaters. Nicht nur, dass der mehr fraß als aß, sondern vor allem, dass ihn beim Essen immer Schweißausbrüche heimsuchten. Deren Spuren zu verwischen fiel ihm gar nicht ein, dazu war ihm das kontinuierliche Schaufeln zu wichtig. Und immer bildete sich an seinem geteilten Kinn im Grübchen ein dicker Schweißtropfen, der die Rinne hinabtanzte, um dann endlich in der Suppe zu landen. Das war der Punkt, wo Max regelmäßig aufhörte zu essen. Bis heute ist er sehr schlank, denn die Erinnerung an den Schweißtropfen ist noch lebendig und kommt ihm immer beim Essen wieder hoch. Auch hat er dem Vater nie verziehen, dass er zu Hause austobte, was er als Lehrer in der Schule schon lange nicht mehr durfte. Immer schwang er ein Lineal, und bei frechen Antworten, landete das, patsch, auf den Fingern von Max. Das geschah oft, denn die Antworten von Max waren häufig frech. Der Patsch endete erst, als Max 12 oder 13 war und durch Expandertraining sich stark genug fühlte. Er riss das Lineal an sich und warf es aus dem Fenster. Als der Vater darauf maulig und zudringlich reagierte, hielt er ihn einfach mit dem ausgestreckten Arm von sich ab. Die hinzukommende Mutter musste schlichten. Dennoch eskalierte die Situation immer wieder, bis Max dann freiwillig ein Jahr ins Internatsexil ging.

Das Heldengen
bei den Geschwistern

Wir sind Geschwister, ich werde Dir immer aufhelfen,
wenn Du hingefallen bist –
wenn ich aufgehört habe zu lachen.
(Aktuelles Sprichwort)

Bei seinen Geschwistern weiß man nicht so recht, wie stark das Heldengen in ihnen verankert ist. Es gibt Indizien, die dafürsprechen, dass es da ist.

Seine große Schwester Ulla ist ein wenig ängstlicher Typ, wird allerdings lebenslang in ihrer Durchsetzung durch ihr Bemühen gebremst, um alles in der Welt einen sozialen Ausgleich herbeizuführen. Gartenhelfer, Putzfrauen und Hotelpersonal sind ihre Favoriten, die sie bis an die Grenze der Peinlichkeit beschenkt. Nur ihr Sohn, ein erfolgreicher Manager kann sie ein bisschen bremsen. Das heißt aber nur, dass sie es heimlich macht. Sein Diktum: »Das tut hier wirklich nicht Not«, nachdem er bereits reichlich Trinkgeld gegeben hat, hört sie wohl, sie schenkt ihm aber keinen Glauben. Sie steckt Geld in Umschläge und lässt es in dienstbare Taschen wandern. Der Sohn kriegt es meist doch spitz, dreht dann die Augen nach oben, sagt resigniert aber nichts und hilft ihr still, ihr notorisch geschwächtes Konto auszugleichen. Seinen Vater, ihren Ehemann, hatte sie schon verlassen, als der dann, von einem amerikanischen Panzer in der Nähe des Truppenübungsplatzes in Grafenwöhr gerammt, einen Arm und vermutlich den Rest seines Verstandes verloren hatte. Es war ein stattlicher Mann, einiges älter als Ulla, und mit jeder Menge Kriegserfahrung. Er hatte ihn körperlich unverletzt überstanden. Auch seine unerschütterliche Liebe zur Wagnermusik war durch die Hitlerbesuche von Bayreuth nicht beeinträchtigt. Gerne zitierte er einen leicht veränderten Wehrmachtsschlager: »Es geht alles vorüber, es geht alles vorbei, zuerst Adolf Hitler, dann seine Partei.«Aber etwas hatte die Nazizeit doch bei ihm hinterlassen, denn er hatte jede Menge Müll über die dienende Rolle der Frau im Kopf. Dass seine Frau ihn nicht mehr mochte, war nicht so schlimm wie ihr Begehren, als Lehrerin außer Haus zu arbeiten. Auch wollte sie zu den zwei Kindern nicht noch Nummer drei und vier. Er schien immer noch ans Mutterkreuz zu glauben, das man bei den Nazis beim vierten Kind bekam. Das konnte die Schwester irgendwann nicht mehr ertragen, zumal sie ihren aus der Zeit gefallenen Haus-Autokraten bald nur noch lächerlich fand, und so ging sie mit den Kindern ihrer Wege. Über seine Kinder ließ er nichts kommen, und für sie sorgte er gut, so haben die einigermaßen unbeschädigt das Trennungsdrama überlebt. Einarmig und erblindet hat er dann nicht mehr lange gelebt.

Max' Schwester Ulla hatte ihm als sechzehnjährige Schülerin zu einem ersten und lange nachwirkenden Verlorenheitserlebnis verholfen, als er als sechsjähriger Steppke für die Freundinnen Äpfel beim Händler holen sollte. Auf dem Nachhauseweg landete er verweint und verrotzt im Nirgendwo. Sie waren einen Tag vorher umgezogen, und er hatte sich prompt verlaufen. Von hilfreichen Menschen wurde er nach Hause gebracht. Die Straße und die Nummer hatte er im Kopf, aber die Leute wussten damit nichts anzufangen, da es sich um eine Neubausiedlung handelte. Als er den Lehrerberuf des Vaters als Hinweis angab, wurden die Suchhelfer fündig, denn einer hatte vom Nachbarn gehört, dass ihm die Cousine erzählt hat, sie wisse vom Onkel, dass neben ihnen zu ihrem Entsetzen ein Pauker zugezogen sei. Besonders hilfreich war ein Schuster aus der nahen Siedlung, der so freundlich war und so angenehm nach Leder roch. Angenehm war für Max, dass er auf seinen Schultern reiten durfte, unangenehm war nur, dass der Schuster ständig an seinem Bein tätschelte. Max wurde das schnell zu viel und als er »will runter«schrie, gehorchte der merkwürdige Kinderfreund. Ja die Situation hatte sich unmittelbar vorher sogar ein bisschen zugespitzt, weil eine Frau den Schuster anraunzte: »Fass den Buben nicht an, du alter Saukerl!«Die Äpfel hatte Max in seinem Kummer beim begleiteten Nachhausemarsch, nun gehend und nicht mehr reitend, zur Hälfte selbst aufgegessen. Das ist bei ihm eine feste Verbindung eingegangen. Wenn er heute in einen Apfel beißen soll, kommen ihm die Tränen und er fühlt sich prompt wieder verloren wie damals. Frühreife bzw. noch nicht reife Kornäpfel aus Nachbars Garten haben damals bei einer anderen Gelegenheit ihr Übriges getan, ihm diese Paradiesfrucht ein für alle Mal zu verleiden. Sicher trifft auch seinen Bruder eine Mitschuld an der Apfelphobie. Er musste auf den kleinen Max aufpassen, wollte aber lieber mit seiner Bande stromern und Äpfel klauen gehen. Da führten sie als eine Art Zwischenspiel die Gefangennahme und Verbringung von Max an den Marterpfahl ein. Als sie dann beim Äpfelklauen vom Bauern erwischt wurden, konnten sie flitzen. Max war da in einer etwas unglücklicheren Lage. Ja, er war so gefesselt, dass er die Keile für alle bezog. Als ihm sein Bruder später zum Trost einen Apfel schenken wollte, schrie er laut auf und schwor, nie wieder Äpfel zu essen. Wenn in Hamburg in guter Stimmung gefeiert wird, wird früher oder später die Hamburghymne gegrölt. Ihr Refrain: »Äppel klaun, ruck zuck övern Zaun«, lässt Max immer schaudern. Er singt nie mit.

Auch weitere Erlebnisse zeigen, der Bruder Dirk hat ihm nur Scherereien eingetragen. Als Max einmal heimlich dessen Tarzanbadehose genommen hatte, war er zum Gespött im Schwimmbad geworden, denn sie schlabberte an ihm herum und ein jämmerliches Gießkännchen hing seitwärts heraus. Als er so stark wie Dirk werden wollte und wie er mit leeren Milchkannen vom Hof der Großeltern trainieren wollte, hat er sich fast den Fuß zerschmettert. Dennoch hat er weiter an seiner Fitness gearbeitet, da er wusste, dass er irgendwann dem Vater Paroli bieten wollte. Als Dirks beweglicher Übungssack für sein Boxtraining bekam er trotz Kissenpolsterung jede Menge ab. Mit Gürteln und Stricken waren die Kissen kunstvoll um seinen Körper drapiert, der Bruder hatte aber eine starke Kelle drauf. Es war dann für Max beruhigend, als der Bruder mit 15 von zu Hause abhaute und, mit der Drohung zur Fremdenlegion zu gehen, seinen Vater bewog, Dirks Seefahrtplänen zuzustimmen. Das alles noch ohne Telefon, sondern per Telegramm. Was hatte der Postbote nicht für eine vergnügliche Lektüre! Max' Vater schaffte dann sofort ein Telefon an. Er meinte nämlich, bei noch mehr Telegrammen dieser Art würden die Leute vor ihrem Haus einen Auflauf bilden und Maulaffen feilhalten, weil bei ihnen ja immer was los wäre. Man konnte die Telegramme ganz einfach lesen, indem man dem Boten einen Groschen bezahlte. Sie wurden zwar im verschlossenen Umschlag übergeben, er hatte sich aber am Ticker seine Notizen gemacht. So war das mit der professionellen Verschwiegenheit. Sie ermöglichte ein nettes Zubrot. Das hat Max später auch mal bei einem Dorfbanker erlebt, der gegen Bares und streng vertraulich fremde Kontostände bekanntgab. Das war hilfreich, wenn man eine Firma beauftragte. So konnte man die Insolvenzgefahr besser einschätzen. Da war ich gebranntes Kind und beneidete Max um seine Dorf-Ratingagentur, weil ich einmal fünf Heizkörper bezahlt hatte, die Firma vor dem Einbau plötzlich pleite war und ich meine eigenen Heizkörper nachts heimlich vom Firmenhof aus der Insolvenzmasse stehlen musste. Mit dem hilfreichen Banker war das für Max alles kein Problem. Der schrieb Kontostände auf Bierdeckel und sorgte so für Transparenz.

Die Umtriebe des Bruders, der zur See fuhr, sorgten

immer wieder für Aufregung. Regelmäßig schleppte er merkwürdiges Zeug im Urlaub an, Rasseln, Bongos, ausgestopfte Kaimane, lebendige Aras etc. Den Ara schenkte der Bruder seinem Lieblingscafé, dem Zoocafé in Kulmbach. Dort raschelte der Vogel abgedeckt in seinem Bauer. Wenn der Wirt Schluss machen wollte, hob er die Abdeckhaube und der Vogel plärrte in breitem Fränkisch los: »Zohlt get haam!«(Zahlt, geht nach Hause!) Der Bruder hatte ihm das an Bord beigebracht, wobei klar war, dass seine Kollegen diese Fremdsprache nicht verstanden. Sein Vater gebot dem Treiben des Bruders erst Einhalt, als der einen Rhesusaffen mitbrachte. Das nötigte seinen Bruder Dirk dazu, für seine lebendige Habe eine Zwischenbleibe zu suchen. So hat er aus pragmatischen Gründen die Zwischenbleibe Ellen geheiratet. Sofort zivilisierend hat das nicht gewirkt, denn auch noch an der Seefahrtschule in den folgenden Jahren schlug er gelegentlich über die Stränge. Wenn er in Hamburg bei Rot über die Ampel ging und erwischt wurde, hatte er immer als Argument parat, er sei lange Persischen Golf gefahren. Das wirkte auf Ordnungshüter nicht immer nachvollziehbar. Den entschuldigenden Hitzeschaden nahm man ihm zumindest dann nicht mehr ab, als er angetütert, bei der Davidswache die Treppe rauffahren wollte. Längere Zeit war er »ohne Lappen«.

Verglichen mit all diesen Taten des ungebärdigen Dirk wirkte die Schwester Uta, genannt Ulla, fast wie ein Lamm. Sie hatte ein bisschen Theaterambitionen und Max war für das Schultheater ihr Rollentextcoach. Mühelos hatte er fünfjährig beim Zuhören die komplette Maria Stuart auswendig gelernt und so konnte er sie, die Elisabeth, abhören. Als er dann von ihr zu einem Komparsencasting geschleppt wurde, habe er allerdings kläglich versagt. Er wollte sich nicht in das stumme Auftreten und Abtreten finden, sondern sei an die Rampe gegangen und habe lauthals den Text deklamiert. Das veranlasste den Probenleiter zum denkwürdigen Satz: »Der is zu g'scheit, denn könna mer net brauch'n.«Sie hat in der Rolle der Elisabeth brilliert. Eine merkwürdige Verwicklung hat sich hier noch angebahnt, denn die Proben fanden in dem kleinen Theatersaal eines Schlossguts statt. Der dort im Gesindehaus wohnende Lehrer war als Flüchtling aus dem Brandenburgischen vom Schlossherrn freundlich aufgenommen worden. Er wurde später Max' Lehrer und Förderer. Dummerweise kam er auf die Idee, ihn bei der kleinen süßen Baroness als Nachhilfelehrer für Latein einzuführen. Sie haben den Aufzeichnungen nach nicht nur Latein gemacht. Erstmal wäre er fast abgesprungen, weil ihn ihre bärbeißige Großmutter eisig begrüßt hatte. An die Enkelin gewandt meinte sie: »Und was für ein Talent hat er?«Oh je, da war seine Verlegenheit riesig. In dieser Familie gab es neben dem »von«und siebenhundert Jahren Geschichte einen weltberühmten Pianisten und einen gehypten Filmschauspieler. Die Baroness lächelte nur süffisant, er blieb stumm. Er wollte ja nicht allen Ernstes sein Klaviergeklimper anführen. Und seine missratenen Gedichte so und so nicht. Das mit dem Klavier war da auch schon beendet. Seine Klavierlehrerin hatte sich umgebracht. Er ist den Gedanken nie losgeworden, dass es an seinem Spiel gelegen hatte, erinnerte er sich doch noch deutlich an ihr schmerzverzerrtes Gesicht, wenn er mal wieder seine Nägel nicht geschnitten hatte und eine Klack- und Klappervariante der Mondscheinsonate vortrug. Also blieb er bei der Großmutter der Baroness verlegen stumm. Die Enkelin zog ihn dann in eine leerstehende Gesindekammer und überzeugte ihn davon, dass er ein anderes Talent hatte, das der Großmutter gegenüber zurecht unerwähnt blieb. So hätte er wohl auch den Test jener bärbeißigen Madame de Meuron aus der Berner Stadtaristokratie bestehen können, die alle Männer, die ihr vorgestellt wurden, fragte: »Syt dihr öpper oder nämet dhir Lohn (Sind Sie wer oder nehmen Sie Lohn)?«Er hätte zum Beispiel brav sagen können: »Ich arbeite dran, wer zu werden.«Das wäre aber sicher nicht so gut rübergekommen. Zu bemüht! Besser vielleicht: »Ich arbeite, aber nicht wie Sie denken!«Für die auf Kunst und Herkommen Wert legende Großmutter hatte er nichts auf der Pfanne. Konsequent wurde er kein Künstler, denn vergeigtes Kinderstar-Casting, suizidierte Klavierlehrerin und schließlich Scheitern an der Tuba waren die Dollpunkte. An der Tuba scheiterte er wegen ihrer akustischen Durchschlagskraft. Üben musste er im Heizungskeller der Schule, zu Hause bestand ein striktes Verbot, was sein Vater mit seiner Abneigung gegen Blasmusik im Allgemeinen und der militärischen im Besonderen begründete. Max beteuert glaubhaft, er hätte gar nicht vorgehabt

Märsche zu intonieren, weder den Radetzkymarsch noch gar Hitlers Einzugsmarsch, den Badenweiler. Er konnte das ja noch gar nicht. Das Verbot blieb bestehen und ihm blieb nur der Keller. Er übte einfache Tonreihen immer wieder, denn er wollte ernstlich das Instrument beherrschen. Da ein Nebenraum als Filmvorführraum genutzt wurde, gab es oft hässliche akustische Kollisionen, die letztlich zum Ende seiner Tubakarriere führten. Die wertvollen Unterrichtsfilme wie »Stadtmaus und Feldmaus«und »Vom Samen zur Blüte«hatten ihre eigene Musikuntermalung und vertrugen sich nicht mit der Blasmusik, die aus dem Heizungskeller mit großem Hall herübertönte. Die Filme gewannen. Das Schulorchester wurde zum Streichorchester. Ganz verlassen habe ihn die Tuba dennoch nie, meint Max augenzwinkernd, zumindest nicht wegen seiner Neigung zum Tubenkatarrh.

Nach diesem musikalischen Exkurs zurück zur Schwester! Als sie als frühe Austauschschülerin in den Fünfzigern mit einer American-Field-Service-Delegation bei Präsident Eisenhower zum Frühstück empfangen wurde, las die Sekretärin des Präsidenten artig alle Vornamen der Gäste beim Händeschütteln vor. Als sie Miss Uta als Miss Utah (yu:ta) vorstellte, quakte die dazwischen: »I'm neither Mormon nor winner of a beauty contest«(Ich bin weder Mormonin noch Gewinnerin einer Schönheitskonkurrenz). Eisenhower soll gelächelt und hinzugefügt haben: »but cheeky«(aber vorlaut). Sie blieb es bis heute, wo sie nun auf ihr Lebenswerk blickt, einen ganzen Landkreis über drei Generationen mit Nachhilfe durch das Abitur gehievt zu haben. Sie kennt die Notenspiegel aller Promis in der Region, weshalb ihr mit großem Respekt begegnet wird. Sie braucht nur die Augenbraue zu heben und manche bürgermeisterliche oder chefärztliche Prahlerei verstummt. Den amtierenden Landrat hat sie bei seinem triefenden Selbstlob angesichts eines Empfanges für den Landesvater rüde gestoppt: »Soso, so ein toller Hecht bist du jetzt also. Damals beim Französisch Fünfer in der 12. warst du noch ein bisschen bescheidener.«Bei Ärzten wird sie bevorzugt behandelt, denn ihre Nachhilfe sicherte das Durchkommen der Sprösslinge, die unter der Schleifermentalität der bayerischen Lehrer am Gymnasium litten. Eine Tochter hat sie zur Gymnasiallehrerin entwickelt, das gibt Synergieeffekte für ihre Nachhilfestunden, denn die Fünfer und Sechser der Tochter stehen bei der Mutter Schlange.

Der Sohn ist wie erwähnt Spitzenmanager geworden, nachdem er seine Karriere erst als Skilehrer und dann als Leutnant begonnen hatte. Heute noch müssen die geplagten Manager in seinem Unternehmen mit ihm auf die Piste und sich dort bewähren. Wer da nicht glänzt, kann höchstens noch als Reserveoffizier Kompensationspunkte gutmachen.

Die jüngere Schwester Britt hat ihr Leben noch zielstrebiger organisiert. Als die Philosophiekarriere ihres Sandkastenfreund-Ehemannes mit der Habilitation stockte, hat sie sich scheiden lassen und dann ihren ebenfalls frisch geschiedenen Biologie-Doktorvater geheiratet. Das Investment war richtig, denn der Philosoph hat mit Mühe und Not und erst spät eine außerordentliche Professur ergattert. Der Biologe war schon ein angesehener Wissenschaftler. Ein bemerkenswerter Mann, Botaniker mit Leib, Seele und Professur. Immer reiste er mit einem Darröfchen, um von irgendeiner Wand gekratzte Flechten, Grünalgen oder ähnliches Zeugs zu konservieren, das er dann im heimischen Labor genauer untersuchte. Wer immer ihn dabei gesehen hat und als Wandkratzer für etwas gaga hielt, lag falsch, er hat einfach nur immer gearbeitet, wo immer er war. Allerdings war auch Max sich nicht immer ganz sicher, denn sie hätten eine geistig behinderte Nachbarin gehabt, die gerne die Salpeterausblühungen von Kellerwänden leckte. Das war nicht das Gleiche. Er habe das rasch differenzieren gelernt, denn die Nachbarin leckte zum Vergnügen und der Schwager kratzte im Schweiße seines Angesichts. »Wo immer er war«, verweist er auf die intensive berufliche Reisetätigkeit des Botanikprofessors. Max' jüngere Schwester hat ihr Leben ganz aufs Reisen ausgerichtet. Deshalb mussten die Gastprofessuren des Gatten über den ganzen Erdball verstreut sein. Diese Destinationen mit ihren Reisemöglichkeiten werden nun im Ruhestand durch eine kalifornische und eine Schwiegertochter aus Kenia prächtig ergänzt. Reisen steckt den Wimmers im Blut, betont Max immer wieder. Er schränkt aber ein, dass die Wimmers als ältere Semester dann meist sesshaft würden, mit Ausnahme der jüngeren Schwester. Allerdings halten alle außer Max an einem Hauptwohnsitz lebenslang fest, auch wenn sie da – wie die jüngere Schwester – selten sind.

Eine weitere Ausnahme sei der Cousin Willi, der erst ein Reiseunternehmen gegründet hatte und dann als Geografieprofessor ein Meister im Organisieren von Exkursionen geworden war. Max erzählt grinsend, dass der – wie er selbst in der Schulzeit – immer tolle Ausreden für das Verlängern von Abwesenheiten gefunden hatte. Mal waren die Reisemöglichkeiten auf Feuerland durch Unwetter stark limitiert, mal wirkte ein Malariaverdacht als Reisehindernis, mal war ein Jeep in der Kalahari mit Achsbruch stecken geblieben. Die Verständigung mit den Buschmännern mit ihrer eigenwilligen Klicksprache und bei deren mangelnden Englischkenntnissen sei bei dieser Exkursion so schwierig gewesen, sodass er lange auf Hilfe und das Semester zu Hause in Göttingen auf ihn warten musste. Er ist ganz eindeutig der Lieblingscousin von Max. Aber auch ihre Beziehung ist deswegen gut, weil sie Distanz halten. Ihre einzige gemeinsame Aktion, ein Segeltörn auf dem Chiemsee, war ein Flop. Beim plötzlichen Auffrischen des föhnigen Windes waren sie schmählich gekentert. Das veranlasste den Cousin nach geglücktem Wiederaufrichten des Bootes nur zum trockenen Kommentar: »Da fahr ich lieber weiter weg, daheim ist mir's zu gefährlich!«

Wie lange hält ewig?

Theilet sich das bett/ so trennen sich die hertzen.
(Altdeutsche Spruchweisheit)

Max fragt sich oft, warum in Ehen alles so kompliziert ist und warum die Haltbarkeitsdauer von Verbindungen immer schneller abnimmt. Wo die früheren Generationen bis zu seinen Eltern ihre Ehen eisern durchhielten und am Ende gewöhnlich für die Ewigkeit zusammen gebettet wurden, trat in seiner Generation ein rascher Wandel ein. Früher gab es Affären und Abenteuer, aber es gab auch gut zugedrückte Augen und Versöhnungen. Auch schlichte Gewohnheit, Angst ums Image und ökonomische Zwänge spielten eine Rolle. Jetzt aber kamen die schnell erledigten Ehefluchten ins Spiel. Dysfunktionale Ehepartner wurden entsorgt, meistens, ohne an Leib und Leben Schaden zu nehmen, nicht ohne psychischen Schaden, aber zur großen Freude der vom Konflikt zehrenden Anwälte. Gewiss ein gesamtgesellschaftliches Problem, argumentiert Max in einem kleinen Thesenpapier: »Ehe, rette sich wer kann!«Selbst die Schwarzkittel seien nun nicht mehr das, was sie schon mal waren. Geschiedene Bischöfinnen, verstoßene Haushälterinnen und der Hang zu jüngeren Gespielen sprächen hier eine eigene Sprache. Seine Geschwister samt ihm haben jedenfalls auch einen fatalen Hang zur Zweiheirat. Ihn als erfahrenen Psycho erschüttert dabei gar nichts mehr, denn selbst im entwicklungsverzögerten

Lande Hadeln an der Nordseeküste, wo er lange lebte, hat das Scheidungsvirus um sich gegriffen. Früher wurde hier der Menschenwert in Hektaren gemessen und Hektare gab man keinesfalls wieder her. Vielmehr pflegt man unerbittliche Feindschaften zu den Nächsten – auch ohne Trennung. So wunderte es ihn dann kaum noch, als ein Jubilar – bei seiner Goldenen Hochzeit um eine Rede gebeten – streikte mit den Worten: »Über diese Frau, die ich sehr gut kenne, kann ich kein gutes Wort sagen.« Sagte es und verschwand aus dem Saal. Scheidung nach 51 Jahren Ehe war dann nur konsequent. Also waren auch hier die modernen Zeiten angekommen. So leben wir denn, schreibt Max, fröhlich mit Haupt- und Nebenlinien, morganatischem Nachwuchs, Genstreuung und der Ratlosigkeit von halbverwandten Kindern. Und wenn es ans Erben geht, wird es richtig lustig. Wenn seine Geschwister und er abtreten, dürfen die Nacherben dann im Rahmen einer Erbengemeinschaft eine Einigung unter mehr als einem Dutzend Interessenten herbeiführen. Dabei geht es gar nicht um große Werte, sondern vor allem um Bruchbuden, die die Mutter mit Wertsteigerungserwartung zusammengekauft hat. Leider sind es Bruchbuden geblieben, aber irgendwie schaffen es seine Geschwister nicht, sich von dem Krempel zu trennen, sondern sie warten immer noch auf die Wertsteigerung. Der im Unterhalt teure Verfall schreitet derweil voran. Zudem blicken die Geschwister argwöhnisch auf die anderen Geschwister, damit die nicht etwa die dann doch noch eintretende Wertsteigerung abschöpfen könnten.

Einiges an bleibender Schönheit im Erbe war den Handwerkskünsten seines Vaters zu verdanken, so eine Gartentreppe aus Jurakalkstein mit individueller Stufenhöhegestaltung und mit viel Mörtel dazwischen zum Glätten der Berg- und Talbahn der missratenen Bruchstücksverbauung. Der Großvater war immer dabei mit seinem wiederholt vorgetragenen Coburgisch-Thüringischem: »Zwämol ogsaacht und trotzdem zä korz«(zweimal abgesägt und trotzdem zu kurz), während der Vater maulend den nötigen Ernst bei der Sache einforderte.

Der wahre Witz an diesem Bauwerk aber war, dass der potenzielle Käufer im Angesicht der Treppe heftig lachen musste und prustend hervorbrachte: »Echt individuell!«So erheitert kaufte er die Hütte.

Im Prinzip sind Max alle Immobilien verhasst, da er als Kind zu lange Konsumverzicht leisten musste, weil gerade mal wieder ein Hausbau, Wohnungskauf, eine Waldaufforstung, Wiesendrainage oder Ähnliches dran war. Dass er die ständigen Wohnungsgeschäfte und Baupläne seiner Ehefrau mit Skepsis verfolgt, versteht sich von selbst. Auch Wälder kann er nicht mehr uneingeschränkt genießen, weil er einmal als Kindersklave im elterlichen Wald mit Spaltpflanzung tausend kleine Fichten setzen musste. Ihn hat es deshalb an die Küste und auf See in die waldfreie Zone gezogen. Mit Holz zu heizen findet er gelinde gesagt archaisch, und er freut sich über das Ofen- und Kaminverbot an seinem neuen Wohnsitz.

Max und das Heldengen

Zur zeit ein narr seyn/ ist auch kunst und weißheit.
(Altdeutsche Spruchweisheit)

Wie er sich selbst bei der Traditionslinie mit dem Heldengen einordnet? Lieber bei der anderen, der schlaumeierischen Seite des Vaters und der des Dortmunder Onkels. Nach seiner sprachlichen Gewohnheit wurde der »Onkel Woll«genannt. Der meinte nach seinen Lehren aus dem Krieg befragt nur: »Woll, rechtzeitig ducken, hinterher lästern geht immer noch!«Er war Elektroingenieur auf einer Zeche und berichtete stolz, dass Hitlerwitze bei Kumpels gefahrlos erzählt werden konnten. Das Ducken hat er demnach nicht beim Bergbau, sondern dann erst im Russlandfeldzug gelernt. Max musste es nicht im Russlandfeldzug lernen, weshalb seine Begabung fürs Lästern deutlich höher entwickelt ist als die für's Ducken. Die ständige Lästerei hat er nur einmal kurz unterbrochen, als er als Schüler bei einem Kriegsgräbereinsatz in Tunesien vierzehn Tage lang Kreuze für Neunzehn- und Zwanzigjährige zu Hunderten anstreichen musste. Da habe er nur noch geflucht, berichtet er.

Weder Fluchen noch Lästern schützt vor schlimmen Erfahrungen, vor allem nicht davor, sich gründlich zu verrechnen. Immer wieder musste er diese Erfahrung machen, ein frühes Erlebnis dieser Art war die Polioimpfung. Sie fanden damals noch mit Spritze und durch den Amtsarzt statt. Max hatte großen Respekt davor und hätte es gerne vermieden, mit so einer Pferdespritze traktiert zu werden. Da sah er den Amtsarzt, es war ein einarmiger Kriegsversehrter. Sein Herz tat einen Sprung und Hoffnung keimte auf: »Mit einem Arm schafft der das nie mich zu spritzen!«Lästerliche Bilder von Fehlleistungen und Hilflosigkeit des einarmigen Arztes gingen ihm durch den Kopf. Er war keineswegs bereit, dem behinderten Arzt zu helfen und etwa selber die Spritze aufzuziehen. Während er noch in sich hineinlächelte, zack, da war es schon passiert. Walter, der Sohn des Arztes und Klassenkamerad, hat ihm später von den Tricks seines Vaters erzählt. Der zeigte immer seinen Armstumpf zur Ablenkung: »Ja das hat der Russe mit mir gemacht«, und wenn die Kinder fasziniert oder erschüttert drauf starrten, zack, war es schon passiert und die Spritze saß im Fleisch. Der gleiche Amtsarzt hat der Stadt zu drei Wochen Extraferien verholfen, weil er einen pockeninfizierten Wasserbauingenieur, der aus Indien infiziert zurückgekommen war, kurzerhand mit 50 Kontaktpersonen internieren ließ und alle Schulen schloss. Eine schöne Zeit. Nur unangenehm sei gewesen, wenn man mit dem KU-Nummernschild am Auto in einem Nachbarort auftauchte. Es konnte sein, dass man als Pestüberträger identifiziert dringlich zum Verlassen von Kneipe, Kino oder Geschäft aufgefordert wurde. Noch heute den Kopf schüttelnd erzählt Max, dass ihnen widersinnigerweise aus ihren Fahrrädern sogar einmal die Luft herausgelassen wurde. Wie soll man dann seine Viren wegtragen, wenn das Fahrzeug defekt ist? Sie bleiben noch ein bisschen, und niemand ist zu Schaden gekommen. Außer Extraferien hat diese ganze Pockenepidemie auch keine anderen Schäden bewirkt.

Mit die nachhaltigste Prägung erfuhr er durch das Lokal »Handwerkerstube«auf dem Schulweg, das durch ein Kulmbacher Original regiert wurde. Nahe dem Rathaus in der Altstadt gelegen und selbst schon ziemlich alt, geschmückt mit zünftiger Malerei im Stil der dreißiger Jahre, wurde die Handwerkerstube geführt von einer durchsetzungsfreudigen Chefin mit einem Herz für Schwache. Die »Christel«oder »Reinholza«war ein Unikum mit spitzer Zunge und einem großen Herzen für »die Scheißdreck-Oberschüler«, wie sie die Schüler liebevoll nannte. Richtig beschimpft wurden sie von ihr nur, wenn sie einen Korb Brötchen vertilgt hatten, und nur eines bezahlen wollten. Verlangte man ein kleines Bier statt der üblichen Halben, krähte sie: »Och geh haam und kumm widder, wennst saufen kosst! (Geh heim und komme wieder, wenn Du saufen kannst!)«Einen Gast hatte in der Wirtsstube über einer Schweinshaxe ein tödlicher Herzinfarkt ereilt. Sie betrachtete das in den Teller gesunkene Gesicht, während der Krankenwagen erwartet wurde und sinnierte philosophisch: »Der orm Moo, er hätt' net des Fetta zuerscht essen solln.«(Der arme Mann, er hätte nicht das Fette zuerst essen solln)!

Viele Stunden haben sie sich in ihrer Gaststube die Knöchel beim Schafkopf und Skat wundgeklopft und dank der frühen Öffnung auch so manche Stunde

Religion oder anderes Unliebsames zur Freistunde umdeklariert. Höchstes Ansehen genoss der Kunstlehrer Fuderstal, der sie Stadtansichten zeichnen ließ und ihre Exkursionen in eine gewisse Lokalität als Motivsuche akzeptierte.

Als sie ihm als Jux und Ausbeute ihrer Kunstexkursion eine Bratwurst und Sauerkraut mitbrachten, zeigte sich, dass er kein modernes Verständnis von Kunst hatte. Ab dann mussten sie wieder Äpfel und Birnen abmalen, und ihr Ruf nach weiblichen Modellen wurde auch nicht erhört. Einige Mitschüler gruben dann alte Jahresberichte aus, mit von ihm wunderschön gemalten Hakenkreuzfahnen. Das war dann für sein enges Kunstverständnis erklärend.

Sagenhaft war das eben erwähnte Sauerkraut des Wirtshauses. Böse Zungen sagten, das besondere Aroma komme von den immer eingebundenen Beinen der Wirtin. Appetitfreundlichere Deutungen waren mit dem Hinweis verbunden, dass aufgewärmtes Kraut an Qualität zunehme. Toll war auch das Klo mit seiner Dachrinnenkonstruktion als Pissrinne. Es stank so mörderisch, dass man sein Geschäft immer sehr schnell erledigte. Und das Ergebnis war ungenaues Zielen und noch mehr Gestank. Und hier kann ich sowohl als Augen- wie auch als Nasenzeuge berichten. Es half auch ein bisschen mit einer Zigarette im Maul dahin zu gehen. Die Gymnasium-Schüler waren in diesem Wirtshaus so oft und so ausdauernd, dass sie von Rechts wegen die Handwerkerstube eigentlich als Zweitwohnsitz hätten anmelden müssen.

Sein notorisch knappes Taschengeld – die Eltern

kauften oder bauten ja ständig – verführte Max dazu, nahezu professionell zu spielen und in der Schülerrunde Poker einzuführen. Das ergab eine willkommene Taschengeldergänzung. Und das gekonnte Bluffen hat ihm dann später beim Vordiplom und Diplom in den mündlichen Prüfungen geholfen. Seine Prüfer bewunderten seine Literaturkenntnis und ahnten nicht, wie viele der zitierten Untersuchungen er einfach erfunden hatte, um seine originellen Meinungen zu »belegen«. Seine Professoren wollten sich keine Blöße geben und Unkenntnis von irgendwas zugeben. Einer hat ihn nach der Prüfung um eine genauere Literaturangabe gebeten. Da blieb er vage, und der Prüfer weiß es bis heute nicht. Das war im Übrigen ein aus der DDR geflüchteter Hochschullehrer, der aus Ärger über marxistisch gesonnene Studenten ausrief, im Gegensatz zu ihnen hätte er Marx im Original, nämlich in Russisch gelesen. Das war dann auch die Zeit, wo die Literaturverzeichnisse von Artikeln begannen, den Textumfang zu überschreiten. Diese Form des akademischen Brüstens mit angeblich bewältigter Literatur trifft heute reihenweise Politiker mit der Keule. Es ist gut gelesen zu haben, was man anführt und wenn man es gelesen hat, sollte man ja wissen, wer es geschrieben hat und die »Tüttelchen«nicht vergessen. Ich habe mich wie Max immer darum bemüht und mein Bluffen wie er auf mündliche Auseinandersetzungen beschränkt.

Vor seiner schulischen Bluff- und Pokerzeit, bei akutem Wursthunger oder Coladurst in der Pause, half auch das In-den-Bauch-hauen-lassen zur Geldbeschaffung. Schüler aller Klassen droschen begeistert auf seinen durch Boxtraining gefestigten Bauch ein. Es war kein schlechter Tarif, denn er nahm für diese Hau-den-Lukas-Variante am lebenden Objekt jeweils 50 Pfennig pro Schlag. Dafür konnte man dann beim »Hauser«, dem allgewaltigen Hausmeister Bettner, ein Wienerle mit Brötchen erstehen. Für 20 Pfennig bekam man immerhin ein Brötchen mit Senf. Das war der Sozialtarif für die Boxversuche der unteren Klassen.

Rempeleien, Rülpsen und Furzen als Ausdruck ungehemmter Lebensfreude, gab es von den Schulkameraden immer gratis obendrauf. Ungekrönter König der Pupser war das »Fritzla«, ein ansonsten unverdächtiger Pastorensohn. Seine Neigung, seine Darmwinde geräuschvoll zu entlassen, war bekannt. Auch wussten sie alle, wie falsch der Satz war, dass die lauten nicht stinken. Als wieder einer der Rüpel ein verdächtiges Geräusch von sich gegeben hatte, wurde Fritz vom Lehrer willkürlich rausgegriffen und angebrüllt, was denn die Sauerei solle, hier wäre jetzt Mathematik und nicht Blasmusik. Fritz antwortete ganz unschuldig: »Ich war das nicht!«und schob nach: »Ich hab' meinen ja noch«, woraufhin er den mit Geräusch entließ. Der Lehrer war für einen Moment sprachlos, zumal zwei Schüler an den Nachbartischen andeuteten, jetzt in Ohnmacht fallen zu wollen. Er ließ die Fenster öffnen und das Fritzla kam ungeschoren davon. Wahrscheinlich fügt Max an, wollte sich der Lehrer vor einem Diskriminierungsvorwurf schützen. Denn jedes Mal, wenn er, der Katholik, das Fritzla maßregelte, konterte der mit dem Vorwurf, es gehe immer nur gegen ihn, weil er Pfarrersohn und Protestant sei. Max merkt hierzu an, dass man diese antirassistische Argumentationsfigur heute nicht mehr entlarg der Konfessionstrennlinie, sondern eher an der Trennlinie migrantisch vs. inländisch finden kann.

Albtraum Familie
und frühe Sexualkunde

Ein junger Mann kann neun mal verderben/
und dennoch widderumb genesen.
(Altdeutsche Spruchweisheit)

Seine schlimmste Erfahrung als »D-Mark-Hupfer«, so der Ausdruck seiner Mutter für seine Geburt nach der Währungsreform, war nicht Krieg, sondern Familie. Neben all den anderen prägenden Erfahrungen der Kindheit war seine erste Ehefrau Anna länger auf Platz eins der schlimmen Erfahrungen seines jungen Erwachsenenlebens. Sie war ihm nie geheuer, weil sie immer behauptet hat, ihren ersten Orgasmus beim Walzertanzen mit dem Klassenkameraden Wolfgang in der Tanzstunde erlebt zu haben. Sie hatte dabei beherzt gezittert und geseufzt, aber die Beinschere aufrechterhalten, sodass der verunsicherte Tanzpartner sich besorgt und wiederholt nach ihrem Befinden erkundigt habe und sie zum Platz führen wollte. Sie wollte aber unbedingt weitertanzen. Wolfgang, der spätere Kardiologe, muss Schlimmes befürchtet haben, oder er war doch nicht so naiv wie Max dachte? Wolfgangs Vater, der Gynäkologe, war Max' Unheil, weil er der Ex gegenüber behauptet hat, mit ihrer zu kleinen Gebärmutter könne sie nie Kinder kriegen. Wieso also verhüten? Und zu seinem möglicherweise realistischeren Kollegen hat sie sich nicht getraut, denn der hieß

Dr. Engelmacher. Damals gab es keine sturmfreien Buden, sondern den Kuppeleiparagrafen, der auch noch angewendet wurde. Die erste Vermieterin seiner Studentenbude in Erlangen bekam prompt einen Schreikrampf bei Damenbesuch nach 18 Uhr. Dabei hatten sie nur für die Statistikklausur gepaukt, was sie ihnen aber partout nicht glauben wollte, als sie ins Zimmer gestürzt kam. Es fehlten ihrer Ansicht nach einfach ein paar Kleiderstücke für Statistik und außerdem gelte das Verbot grundsätzlich.

Die erotischen Abenteuer mit der ersten Frau vollzogen sich vor der Ehe in einem VW Käfer, dessen Gangschaltungsknüppel immer irgendwie falsch angebracht war. Komfortabler waren da Baustellenlaster. Ja sie waren, an Wochenenden abgestellt, leicht zu öffnen und so bequem, dass sie – wiederholt genutzt wurden. Das Kino als Ort des Sich-Näherkommens kam für Max nicht in Frage, weil er einmal gesehen hatte, wie ein Pärchen auf einer Trage aus dem Kino gebracht werden musste, da sie sich nicht mehr voneinander lösen konnten. Die bequemen Laster ermöglichten dann, was der Arzt für eigentlich unmöglich erklärt hatte. Anna war kurz vor dem Abi und war schwanger. Die Beichte gegenüber den Familien war ein hartes Angehen. Während seine Mutter zeterte und vorwiegend Mitleid mit der künftigen Mutter hatte, brummte sein Vater nur und drohte keinen Pfennig extra für das Balg über haben zu wollen. Der Schwiegervater in spe war mal wieder betrunken und zotig aufgelegt: »Wenn der kleine Kopf steht, wird der große Kopf leer und der Verstand geht in den Arsch!«Mehr sagte er nicht und die Schwiegermutter begann schon mal nach den Sonntagskleidern zu kramen, um für die Trauung das richtige zu finden. Wie Max bei der Trauung bemerkte, ist ihr das nicht gelungen, denn sie trat in gediegenem Beerdigungsschwarz auf. Die Kleidung entsprach ihrer Stimmung. Sie stocherte bei der Feier in den Speisen herum, schnäuzte sich immer wieder und verbrauchte Dutzende Taschentücher. Die Trauung vorher war rustikal urig. Im Wohnzimmer des Dorfbürgermeisters ging sie feierlich vonstatten, unterbrochen von gackerndem Federvieh, weil die Trauzeugen vergessen hatten, die Türe zu schließen. Auch die obligate kirchliche Trauung war ein besonderes Erlebnis. Sein väterlicher Großvater musste dringend und pinkelte genau dann an der Rückseite des spätgotischen Kirchturms, als der Pastor vom Pfarrhaus herüberkam. Der bemerkte nur trocken: »Wenn der Turm einstürzt, dann hast du ihn weggebrunzt (brunzen = süddeutsch für Pipi machen).«Der Pastor hatte gut lutherschen Humor. Seine Birnen direkt am Häuschen auf dem Hof gerieten besonders gut. So taufte er die Sorte, die eigentlich »Stuttgarter Frühe Gaishirtle Birne«hieß, in das für die Dörfler besser verständliche »Scheißheislesbirn«um. Das Bäuchlein der Braut hatte er im Brautgespräch trocken kommentiert: »Das da drin lasst Ihr woanders taufen, die alten Schwertgoschen (fränkisch für scharfe Zungen) im Dorf brauchen kein neues Futter!«

Max' schulrätlicher Vater mochte die Braut nicht besonders, denn er hatte beim Unterrichtsbesuch bei ihrem Vater in dessen Dorfschule unter dem Fränkischen Jura etwas gefunden, was da nicht hingehörte. In einem Sandkasten, der Landschaftsreliefs darstellen sollte, lagen etliche leere Flaschen unter dem heimatlichen Gebirge, weshalb Max' Vater ihn, den Vater der Braut, für eine solche Flasche hielt. Die Tochter fällt nicht weit vom Brauereiwagen, war seine Meinung. Ihre fränkische »Revolvergosch'n«(Steigerungsform von Schwertgosch'n bzw. Schwertgosch'n in permanenter Bewegung) schreckte den Vater ab. Später auf einem Kongress hat sie sich Max' Kollegen als Ehefrau vorgestellt und auf die spätere Ehefrau zwei deutend, hinzugefügt: »Und das ist seine Geliebte!«Das ganze während er sich bangend auf seinen ersten Kongressvortrag einstimmen wollte. Seine Mutter fand die rhetorische Spontaneitätsgabe der Ex immer herrlich. Im Fränkischen nennt man das »grodoo«, neudeutsch »straight«, man kann es aber auch schlicht peinlich nennen. Für seine Mutter war er im Trennungsgeschehen der Bösewicht und vor allem der sexuell unzuverlässige Abenteurer. Hatte er doch schon als Achtjähriger mit Vaters zweiter Reihe an Büchern bei den Nachbarskindern für Aufklärung gesorgt. Seine Mutter beschämte und verstimmte das sehr. Sein Vater meinte trocken, er werde die Beschwerden der Nachbarn dann entgegennehmen, wenn sie ihm erklären würden, dass ihre Kinder aus Jungfrauengeburten stammten. Allerdings war er um seinen schulrätlichen Ruf dann doch so besorgt, dass er ihm zuriet, sein überlegenes Wissen besser für sich zu behalten und schon gar nicht mehr einen Fünfer pro Zuhörer einzusammeln. Pädagogisch unterstützte er den Rat mit zwei kräftigen Backpfeifen und dem Hinweis: »Ich unterrichte Biologie, ich habe es studiert, du nicht!«Eines Tages war auch die zweite Reihe von Büchern verschwunden und trotz seiner großen Gabe, Geburtstags- und Weihnachtsgeschenke vorher zu finden, hat Max die Bücher nicht mehr entdeckt. Erst nach dem Tod des Vaters hat er sie auf dem Speicher beim Entrümpeln gefunden. Dort waren sie noch besser getarnt neben Gesangbüchern eingeordnet.

Ein von ihm im Abfall entdecktes benutztes Kondom kommentierte der Vater trocken mit: »Oh, eine Weißwurstpelle.«Fast hätte er es geglaubt, denn das Corpus Delicti war schnell verschwunden und er begann an seiner Erinnerung zu zweifeln.

Als er einmal fiebernd um Asyl im elterlichen Schlafzimmer bat, wälzte der Vater sich von Mutter herunter und schickte sie, ihn zu betten. Dabei brummelte er: »So kann ich jetzt nicht aus dem Bett.«Später hat Max begriffen warum. Der Vater wollte ihm den Vergleich zu seinen Ungunsten ersparen. Er murrte ihm noch hinterher: »Dann bleibst du aber in deinem Bett, deine Mutter und ich haben noch was zu bereden.«Auch diese Dialogform hat Max erst später verstanden.

Sexualforschung war ihm schon früh zur Leidenschaft geworden. Auf dem Dorf bei den Großeltern wurde es ihm allerdings zeitweise verleidet, weil die Dorfjungs zum Pimmelvergleich auf die entsetzlich stinkenden Plumpsklos gingen. Ohne Plumpsklos als

Forschungsambiente stieg sein Interesse dann wieder. Als Pubertierender streifte er auf dem Schützenfest mit seinem Kumpel Elmar hinter den Büschen des Stadtparks herum. Sie waren auf der Suche nach Liebespaaren, denn sie wollten ihre Kenntnisse erweitern. Da trafen sie auf zwei junge Frauen, die sich gerade erleichterten. Sie starrten gebannt auf das Schauspiel und wurden prompt entdeckt. »Was gibt's denn da zu glotzen«, meinte die eine. Darauf sein Kumpel: »Einen Busch und einen Bach sieht man halt.«Als die andere krähte: »Ihr verdorbenen Saukerle«, suchten sie sicherheitshalber das Weite. Da sie selbst schon jeden Tag an ihren spärlichen Sackhaaren zogen, um sie wachsen zu lassen, war ein Busch für sie nicht überraschend. Max kannte aber aus den Jahren davor nur Nacktschnecken. Denn bei seiner Sandkastenfreundin Evi, die ihn mit Abdrücken und Brücke machen immer wieder unfair im Weitpinkeln besiegt hatte, erinnerte er kein einziges Haar gesehen zu haben. »Ach Evi«, seufzt Max in sein Tagebuch, »wie gerne denke ich an dich zurück – aber auch mit einem leichten Groll!«Sie hat für eines seiner frühesten Traumata gesorgt. Fünfjährig war er stolz über seine Weitpinkelfähigkeit. Und wenn der kleine Kerl sich dann auch noch ein bisschen versteifte, hätte er ihn am liebsten stolz der ganzen Welt gezeigt. So aber zeigte er ihn nur Evi, oben auf dem Garagendach ihres Vaters. Die winkte nur lässig ab, zog die Unterhose runter (sein neugieriger Blick konnte nichts Spezifisches erkennen), sie machte eine Brücke, drückte die Beine mehrmals zusammen und ließ dann los. Mit einem verklärten Gesicht schien ihm. Den Strahl, den sie so kunstvoll und rätselhaft produzierte, konnte er niemals übertreffen, so oft er es auch versuchte. Sie gewann immer sowohl bei Höhe als auch bei Weite. Vom Garagendach aus war es besonders schön. Allerdings hatten sie einmal nicht aufgepasst. Zusammen hatten sie eine Flasche Limonade niedergemacht, hatten abgeklemmt und wollten nun im hohen Bogen Stereo pinkeln. Das gelang auch, aber da kam von unten: »Verdammte Sauerei!«Es war ihr Papa, der in den Doppelstrahl gelaufen war. Das führte zu Hausarrest, Umgangsverbot etc. Natürlich war Evi die kleine süße Unschuldige und er war der Saukerl. Später haben sie nur noch züchtig Micky Maus ausgetauscht und sich bald aus den Augen verloren. Er habe gehört, dass sie eine gute Turnerin geworden ist. Das konnte er sofort nachvollziehen, ihre Brücke war erste Sahne. Leider kam sie dann in den Kindergarten. Er auch, aber nur für einen Tag. Da wurde er auf dem Klo vergessen und erst nachmittags vom Hausmeister befreit. Dann durfte er ohne die widerliche Tante Edeltraut mit ihrem borstigen Damenbart und ihrer großzügigen Verteilung von Ohrfeigen groß werden. Evi ging brav dahin. Die süße Evi hatte ja auch nichts auszustehen, die Jungs kriegten die Backpfeifen, Kopfnüsse und Knüffe. Er ging lieber zu den »Baracklern«, Flüchtlingen in Nissenhütten, vor denen ihn Eltern und Großeltern gewarnt hatten. Die Großmutter mit ihrem kleinen Lebensmittelladen mochte sie nicht, weil sie von ihren eingelegten Heringen nur wenig

Hering »ober vill Briehe«(es waren Schlesier mit seltsamen Wörtern für Sahnesauce) wollten. Sein Vater spottete, dass der Hering an der Türe angenagelt würde, dann dürften alle daran lecken und sich an den Kartoffeln und der »vill Briehe«gütlich tun, während der Vater den Hering aß. Außerdem äffte sein Vater ihren Dialekt nach: »Drieben hommer gehotten a Rittergittl. Wie der Russ gekomm'n is, hammer keen Hemde mehr am Orsche gehotten.«Max merkt hier an, dass sein Vater dies ohne einen Anflug von Schuldgefühl sagte, wo er doch versäumt hatte, Schlesien vor den Russen zu verteidigen. Max war neugierig geworden und guckte selbst nach. Den Nagel am Türbalken fand er nicht. Vielmehr aßen sie Fleisch und luden ihn ein. Später erfuhr er, dass es äußerst preisgünstiges Freibankfleisch vom Schlachthof war und eigentlich als Tierfutter gedacht war. Es schmeckte besser als zu Hause, wo wegen eines geplanten Hausbaus mal wieder viel Quark mit Kartoffeln, Brotsuppe und arme Ritter anstanden. Einmal schöpfte er richtig Hoffnung, als die Kumpels ihm sagten, dass sie heute Hund äßen. Besonders zarter Hund aus der Nachbarschaft sei im Ofen. Er dachte endlich den ewig kläffenden und immer wieder beißenden Spitz der Großmutter los zu sein und langte kräftig zu. Als er dann im Hochgefühl der guten Tat nach Hause kam, wurde er schwer enttäuscht, denn kläffend und hosenbeinzerrend überfiel ihn die fiese Töle. Der Mistköter hatte überlebt. Er hat lange gerätselt, was er da gegessen hat. Dachhase vielleicht? Die Kumpels haben leider nicht verraten, was es war.

Üble Streiche, Rüpeleien und revolutionäre Umtriebe

Eym jeden narrn gefelt seyn kappen wohl.
(Altdeutsche Spruchweisheit)

Zusammen mit den Kameraden der Barackensiedlung heckte er Streiche aus. Ihr Lieblingsopfer war ein Kriegsbeschädigter »mit Kopfschuss vom Russen«, wie es hieß, der immerzu wütend schimpfte und wenn er richtig in Rage kam, seinen Kopf ruckend bewegte und Speichelfäden fliegen ließ, sodass er »MG-Spotzer« geheißen wurde. Spotzen ist das lautmalende fränkische Wort für feuchte Aussprache. Wenn man nur kurz vor ihm über den Bürgersteig lief, tobte er schon; erst recht, wenn man ihm »MG-Spotzer« nachrief. Seine hohen Verdienste ums Vaterland waren ihnen egal. Sie begannen diese erst dann ein bisschen mehr zu würdigen, als ihnen ein anderer Kriegsversehrter Respekt beigebracht hatte. Er war in Begleitung des MG-Spotzers, als sie den verspotteten. Und er zog ihnen mit seinen Krücken eines über. Sie waren wieder einmal zu weit gegangen und dachten vor dem steifbeinigen MG-Spotzerbegleiter leicht fliehen zu können. Weit gefehlt, er warf die Krücken, so wie er das mit Handgranaten gelernt hatte und traf. Er fügte noch drohend hinzu: »Für so was wie euch hat der Mann seine Gesundheit im Felde gelassen. Wenn ich Euch noch einmal erwische, kommt ihr an die Wand!« Das war überzeugend genug.

Von diesen üblen Streichen ausgehend zieht sich durch Max' ganze Schulzeit eine wenig rühmliche Spur. Die Ermordung einer Schaukarte mit Pilzen mit einem Stockschirm war eines der dümmsten Manöver. Dumm vor allem deswegen, weil er entdeckt wurde und einen Verweis bekam. Eine vor dem Lehrerzimmer nach Einstieg durch ein Seitenfenster nächstens abgelegte Wurst eines Klassenkameraden war schon fast kriminell, ebenso wie die den Pennälerklassiker »Feuerzangenbowle«zitierende Verklebung der Schultürschlösser oder das Anfackeln einer umgefahrenen Gaslaterne. Die spätere Nachricht, dass der Rektoratsschreibtisch der Frankfurter Universität bei einer Besetzung für sexuelle Erkundungen umfunktioniert worden war, löste bei Max nur ein müdes Schulterzucken aus. So was Ähnliches hätten sie auch noch hingekriegt – ohne das dämliche »Fickt Euch frei!«auf einem Transparent. Das Pariser »Fantasie an die Macht«der studentischen Enragés von 1968 traf ihren Nerv mehr. Ihr radikales Demokratieverständnis, am Gymnasium von jungen, linken Lehrern inspiriert, führte zu diversen anarchistischen Unternehmungen. Eine davon fand auf dem städtischen Friedhof statt. Da auf den Gräbern der Reichen immer die schönsten Blumen waren, haben sie diese sozialisiert und in einer nächtlichen Aktion einfach durchgetauscht. Sie hatten gerade das Grundgesetz im Unterricht und das sieht eine entschädigungslose Enteignung nicht vor. Also nahmen sie nicht nur weg, sondern sie gaben auch. Manchmal auch Stickstoffdünger aus eigener Produktion.

Sie haben allerdings im Gegensatz zu manchem studentischem Revolutionär nicht gedacht, dass sie damit den Kapitalismus zum Einsturz bringen könnten. Das wäre auch gar nicht gut für sie gewesen, weil sonst evtl. die Segeltörns mit dem Klassenkameraden Frank, Sohn eines wohlhabenden Brauereibesitzers, entfallen wären. Auch andere Schüler waren nicht untätig. Eine Gruppe Empörter aus einer Parallelklasse hat das Skelett eines lange verstorbenen Plutokraten aus der Gruft geholt und an eine Parkuhr angelehnt mit dem aufklärerischen Hinweis auf einem Schild um den Hals: »Das letzte Hemd hat keine Taschen.«Max meint, er habe schon damals gedacht: Mag sein, aber die davor haben ...

Sein Verhältnis zur Schule war schwer gestört. Während er sich mit halbwegs ausreichenden Leistungen durchhangelte, Hausaufgaben im Bus abschrieb und sein gutes Gedächtnis sowie seine scharfen Augen bei Tests pflegte, so war es doch ein Durchmogeln, und jeder schulfreie Tag war für ihn ein Gewinn. Glücklicherweise hatte er Hilfe von einer Reederei, bei der er Ferientrips machte. Dreimal haben sie großartige Telegramme an die Schule geschickt: Havarie auf Cuba, Defekt der Ruderanlage auf den Färöern oder Verzögerungen aufgrund von Erkrankung mit Quarantäneauflagen in Cartagena de Colombia. Das brachte ihm jeweils einige Wochen Extraferien ein. Ob er der Erfinder der Methode war, oder ob er von dem erwähnten Cousin Willi gelernt hat, weiß Max nicht so genau. Während Cousin Willi so die Langeweile seiner Professur erträglicher machte, war es für Max die einzige Möglichkeit, die Schulzeit überhaupt zu überleben.

Die Krönung seiner Schullaufbahn war seine Zeit als Schulsprecher. Als Revoluzzer genoss er einen hervorragenden Ruf in seiner Wählerschaft und die heftige Gegenpropaganda der gegen seine Kandidatur Bedenken tragenden Lehrerschaft stärkte ihn nur. Er wurde es und schritt alsbald zur Tat. Einen ehemaligen Justizminister begrüßte er zu einer Podiumsdiskussion: »Als Justizminister sollten Sie in Rechtsangelegenheiten ja Experte sein. Wie viele Nazirichter haben Sie in Ihrer Amtszeit ungeschoren gelassen?«Die Lehrer in der ersten Stuhlreihe stöhnten auf, der Ex-Minister konterte gelassen. Nicht alles war politisch, manche Aktion der Amtszeit diente einfach nur der Lebensqualität. Eine Unterschriftenaktion gegen den Lieferanten der Wienerwürstchen für die große Pause war erfolgreich, nicht erfolgreich dagegen das Begehren, die Turnhalle für ein Sleep-in zu bekommen. Die Idee zu letzterem ging von ihm aus, weil er sich um die Integration, der in immer größerer Zahl zu ihnen stoßenden Mädchen bemühte. Ihr Gymnasium war früher eine reine Jungsschule und belebte sich nun koedukativ. Also war die Idee durchaus konstruktiv, aber er musste sich von den Schulanglisten anhören, dass der Wortgebrauch analog Sit-in falsch sei und »sleep in«eigentlich »ausschlafen«bedeute, was sie aber wohl sicher nicht vorhätten. Max war vor allem erbost, weil sie den unterscheidenden Bindestrich gar nicht weiter thematisierten, sondern nur ihre verklemmten Vorurteile zelebrierten. »Verklemmt«war in der 68er Zeit überhaupt das Totschlagargument Nummer Eins – am handlichsten natürlich in Kombination mit »Nazi«.

Schon vorher hatte die Schülerzeitung unter seinem Rabaukeneinfluss in der aufmüpfigen Redaktion die liebedienerische Seriosität der früheren, jungunionistischen Redaktionen verloren.

Die »Brüder und Schwestern in der SBZ«nannten sie ab jetzt DDR-Bürger. Politiker bezeichneten sie als Maulhuren des Kapitalismus, den Kapitalismus insgesamt als Verhängnis. Anzeigen gab es keine mehr. Im Kampf um ein Volksbegehren gegen die Konfessionsschule hatten sie Stellung bezogen mit Überlegungen zur konfessionellen Ausgestaltung des Turnunterrichts mit katholischem Bauchaufschwung, protestantischer Riesenfelge und israelitischem Handstand. Die Schülerschaft war begeistert, v. a. der katholische Teil, war doch der Spitzname eines Paters und Religionslehrers »Bauch«, und es war drollig, ihn sich an einem Gerät vorzustellen. Das war der Direx-Zensur durchgerutscht. Umso schlimmer das Donnerwetter nach seiner Einbestellung ins Kultusministerium. Seine anschließende Predigt über missbrauchtes Vertrauen war zu Tränen rührend. Die Androhung der Schulverweisung im Wiederholungsfall blieb ihnen auch nicht durch den Hinweis auf das Grundgesetz erspart.

Nach ihrer obligaten Klassenfahrt nach Berlin, wurde es noch schlimmer mit ihm und seiner Obstinatheit. Er hatte in Berlin die zweifelhafte Freude historischen Anschauungsunterricht hautnah zu bekommen. Als eigentlich friedlicher Tourist wurde er am 2. Juni 1967 mit einem Kumpel zusammen vor der Deutschen Oper erst von Jubelpersern und anschließend von stark angesäuerten Berliner Polizisten verprügelt. Die Leiche des erschossenen Benno Ohnesorg, an der vorbei sie vor der Prügelorgie flohen, gab ihm den Rest. Seine Rede bei der nächsten Schulversammlung zeigte Spuren davon und führte zu einer deutlichen Leerung der Lehrerstuhlreihen. Diese empörten Lehrer, angeführt von einem Altnazi genannt »Schnaff«, verließen murrend und zischelnd den Saal. Dem Herrn hat er es heimgezahlt mit einer Bestellung Hühnermist, anzuliefern in seine Mietswohnung im ersten Stock. Der Bauer bekam fünf Mark extra dafür, die Säcke morgens in der Schulzeit in seinem Hausflur abzustellen. Der Hühnerfarmer wurde vom Direktor im Zuge der Ermittlungen durch die Oberstufenklassen geführt, hat aber Max als Geschäftspartner nicht wiedererkannt. Ein Jahr später auf dem Bierfest der Heimatstadt kam er auf Max zu und hat sich augenzwinkernd eine Gratismass erbeten und bekommen. Er hatte ein spezielles Sträußchen mit dem Nazi-Schnaff auszufechten, denn sein Onkel war ein Radioelektriker gewesen, der wegen Schwarzhörens von BBC noch in den letzten Kriegstagen von den Nazis umgebracht worden war. Die Beliebtheit, die Max allmählich – und heute würde man sagen nachhaltig – erlangt hatte, führte dann zu einem Brief der Schulleitung, er möchte sein Abi-Zeugnis doch bitte per Post entgegennehmen. Seine Anwesenheit bei der Abschlussfeier sei nicht erforderlich. Der Schulsprecher hält da traditionsgemäß die Festrede. Das wollte man sich unbedingt ersparen. Das Angebot samt Extraferien hat Max gerne angenommen. Er habe die Ausladung sogar so ernst genommen, dass er im folgenden Jahr nach Hessen ins Exil ging, um seine bayerische Heimat nicht länger mit sich zu belasten.

Fortschritte der Sexualforschung

Es weibt sich einer ebenso bald den Hals ab/
als er ihn absauffe.
(Altdeutsche Spruchweisheit)

Max kommt immer wieder gerne auf die Nacktheit des Geschlechts und seiner Teile zurück. Was er als kleiner Kerl auf Männerklos Buschiges gesehen hatte, hielt er damals für tiefliegendes Brusthaar. Erst Bände aus der zweiten Reihe seines Vaters und später Gespräche unter Fachleuten klärten ihn auf. »Fachleute«sah er in den Jungs, die ein paar Jahre älter waren und nach ihren volltönenden Aussagen alles schon erlebt hatte. Erst später wurde ihm klar, dass seine Experten nur dem oralen Sex im Sinne des mündlichen Behauptens fröhnten. Aber verschiedene Quellen führten dann zu vertieften Einsichten. Schon länger zog er zur Wachstumsbeschleunigung regelmäßig an Härchen, um selbst einen Busch zu bekommen, weil er meinte nur so richtig erwachsen werden zu können. Als seine Stimme dann zu kieksen anfing und alles wuchs, war er froh zu sehen, dass sein regelmäßiges Ziehen etwas gebracht hatte.

Nur wusste er dann noch nicht, wohin mit dem neu Gewachsenen. Eine Kinderfreizeit half weiter. Erst musste er noch mit seiner eigenen Verklemmtheit kämpfen, als er die 10-jährigen Jungs seiner

Gruppe nackt auf den Betten springend vorfand, wo sie sich köstlich amüsierten über das, was sie Zipfelhüpfen nannten. Er war peinlich berührt und drohte grollend Ohrfeigen an. Eine Jugendhelferin, die siebzehn war, half ihm dann, die Verklemmung zu überwinden. Unter den uralten Leuten (sein Vater und etliche andere gestandene Pädagogen) langweilte sie sich. Ihre Altersgruppe war nicht vertreten, so bestellte sie ihn zur Probe für einen Sketch in ihr Einzelzimmer ein. Irgendwie – er hat es wegen ihrer ungenauen Angaben nicht ganz verstanden, ging es bei dem Sketch um ein Liebespaar, und es sollte auch Küssen vorkommen. Er war 13, ein frühreifer 1,80m-Schlaks, aber noch ohne Erfahrung, so musste die bereits erfahrene Großstadtgöre aus Nürnberg ihm alles beibringen. Das tat sie mit pädagogischem Eifer. Der sommerlichen Hitze wegen hatte sie gleich »Marscherleichterung«befohlen und, weil er noch ein bisschen befangen war, gekonnt bei sich und ihm heruntergezogen, was an Hüllen noch über war. Irgendwann steckte er dann in ihr, sie zappelte und er, brav, zappelte wie befohlen auch.

Als er dann meinte, dass sie nun ja wohl verlobt seien, lachte sie herzlich. Das verlangte Schweigegelübde, hat er gerne getan, zumal ihm noch einige Sketchproben in Aussicht gestellt wurden. Die Proben fanden statt, der ursprünglich intendierte Sketch kam aber nie zur öffentlichen Aufführung. Leider haben die Erfahrungen sich nicht ohne weiteres auf andere Mädchen in der Heimatstadt übertragen lassen. Eine gewisse Scheinheiligkeit musste er schnell kennenlernen. Zwar war Fummeln erlaubt, aber Ausziehen war nicht drin. So musste er sich das Gefummelgeseufze der in ihren Kleidern weniger gut verpackten Mädchen anhören, ging aber selbst durch mehrere Textilschichten leer aus. Manche Probeläufe zum »Braut-Klarmachen«habe er dann rasch aufgegeben. Eine Nachbarin, bei deren Mann er zum Haareschneiden ging, hat ihm ein bisschen über die Zeit geholfen. Während ihr Mann die Damen seines Salons durchprobierte, durfte er bei ihr nachmittags zu Hause ein Sektchen trinken und kam so in den Genuss entspannender Momente, weil sie nicht so vorsichtig war wie die jüngeren Damen. Als ihr Mann ihn einmal aufforderte auf dem Frisierstuhl Platz zu nehmen, meinte er einladend winkend: »Der nächste Herr die gleiche Dame!«Max wurde glatt ein bisschen rot, denn er kannte den Spruch aus den Wehrmachtsbordellen noch nicht. In den Ferien zur See fahrend hatte er es dann ab 15 etwas leichter. Eine Einstundenbekanntschaft in Kotka, Finnland, hatte ihn in die Sauna gelotst, wo scherzend und fröhlich schon ihr Vater mit einem Gläschen Schwarzgebrannten saß. Der störte sich auch nicht daran, dass sie hinterher noch zum Plattenhören auf ihr Zimmer gingen. Freundlich hatte er ihm, nach dem Totalschrumpfung verursachenden Kalttauchbad seinen Bademantel überlassen und dabei zwinkernd auf die Tasche geklopft. In der Tasche fand Max dann etwas von der Fa. Fromms. Überhaupt war das eine Zeit des Aufbruchs. In einem schwedischen Hafen vertickte er zur Aufbesserung seiner Heuer geschmuggelten Wodka.

Einige junge Frauen standen an der Pier, kaum dass sie angelegt hatten und die Zollgang von Bord war. Sie feilschten um Kronen, und erst später hat er verstanden, was die Frauen noch anboten: »Jag vill betala eller knulla«, d. h. sie boten Bezahlung mit Kronen oder mit Sex an. »Betala«verstand er noch, aber »knulla«(gesprochen knülla) hielt er für eine Art des unordentlichen Zusammenfaltens und wusste damit nichts anzufangen. Vielleicht schien er den Damen aber für eine weiter voranschreitende Übersetzungshilfe auch noch zu jung. So habe er, erzählt er traurig, um einige Kronen reicher, dank mangelnder Sprachkenntnisse, versäumt, am schwedischen Fräuleinwunder der sechziger Jahre teilzunehmen.

Als er dann Nachhilfelehrer bei der Baroness wurde und regelmäßiger Gutshofbesucher, wurde alles leichter. Einer ihrer Schweizer (Melker auf dem Schlossgut) pflegte seine Kondome mehrfach zu nutzen. Er hing sie ausgewaschen auf die Wäscheleine. Sie haben sich daran bedient, in ihrem Unverstand nicht kritisch reflektierend, dass der Melker trotz Kondomen schon sieben Kinder hatte. Aber nix passiert! Und das obwohl die Baroness später recht fruchtbar war und in ihrer Ehe sieben Kinder auf die Welt brachte. Alle Kinder sind hochbegabte Künstler geworden und hätten so den Test der gestrengen Großmama gut bestanden.

In den Ferien als Schiffsjunge in der Karibik sei eh alles easy gewesen, erzählt Max. Deshalb wisse er nicht genau, ob noch irgendwo seine Gene herumspuken. Zumindest habe er sich in seinem bewussten und ortsfesten Erwachsenenleben immer bemüht, für eine etwas breitere Streuung zu sorgen. Die Berechtigung leitete er versuchsweise aus seinem IQ her, er habe aber erfahren müssen, dass der IQ nicht mit Verhütungsklugkeit korreliert ist und auch kein Intelligenzrabatt auf Unterhaltszahlungen gegeben wird. Vielmehr habe er in einem Fall in Basel die fatale Erfahrung gemacht, als Samenspender begehrt zu sein, weil intelligent, zahlungsfähig und naiv den Verhütungsbeteuerungen glaubend. Jetzt höre ich als Berichterstatter schon den feministischen Aufschrei: Sauerei, dass immer die Frau verhüten soll! Jaja schon richtig, aber – nun möchte ich doch mal für Max Partei nehmen – muss sie deswegen lügen?

Um kein Missverständnis aufkommen zu lassen: Er hat keine Abtreibung gefordert und findet das Söhnchen ganz passabel – und lieb und teuer war er ihm in jedem Falle. Jetzt ist er nur noch lieb.

Nichtsexuelle
Spracherkundungen

Von denen/
so mit worten eins/
und mit wercken das ander tun/
seynd yetzt vil uff dem erdreich.
(Altdeutsche Spruchweisheit)

Es hört sich so an, als hätte sein junges Leben aus amourösen Abenteuern bestanden, dabei war Sport eigentlich viel wichtiger. Jede denkbare Verletzung habe er dort bei Fußball, Handball, Hockey, Leichtathletik, Skifahren und Schwimmen in Kauf genommen, ja vielleicht sogar gesucht – und einige gefunden. Der Kick bestand darin, zu wissen, dass es gleich wehtut, aber dennoch durchzuziehen. Also hat er sich vor jeden Ball geworfen und sein etwas kurzsichtiger Freund Heini hat – gerade mal wieder ohne Brille – seine Torwartambitionen dauerhaft gedämpft, als er den Kopf von Max spielen wollte. Von der Gehirnerschütterung genesen, drang der drauf, auf Hockey umzusatteln. Das war nicht klug, denn andere heftige Schläge auf andere Körperteile folgten. Er blieb dem Sport zwar treu, wollte aber nach weiteren einschlägigen Erfahrungen nicht mehr in einer ersten Mannschaft spielen. Auch das Boxen musste er aufgeben, nicht, weil er so schmächtig war, das war eher in Bezug aufs Getroffenwerden günstig. Nein, er war einem Beleidiger in der Kabine mit blanken Fäusten entgegengetreten. Das war beim Boxen ein Sakrileg und führte zur Sperre. Eine Begrenzung seiner leichtathletischen Aktivitäten ergab sich aus Zeitmangel und chronischer Übermüdung. Nachdem er bei einem Schulsportfest eine sehr gute Hürdenzeit gelaufen war, nahm ihn der Sportlehrer in seine persönliche Lehre und erschien regelmäßig morgens um sechs Uhr zum Waldlauf. Max hatte sich aber nachts öfter aus dem Internat abgeseilt und in einem Club herumgetrieben, wo amerikanische Soldaten das Hauptpublikum waren. Die haben ihm Twist beigebracht, und das hat am Ende gegen Leichtathletik gewonnen. Ich habe ganz vergessen zu erklären, warum er in diesem, seine Zöglinge sagenhaft nachlässig bewachenden Internat in Bamberg war. Seine Eltern hatten erwogen, ihm eine letzte Chance vor der Verbannung in eine schwererziehbaren Anstalt zu geben. Nach einem Jahr durfte er geläutert wieder nach Hause. Als er sich auf dem Pausenhof mit allen anderen anstellte zum Bezug der Klassenräume am ersten Schultag, nahm ihn der Lehrer mit dem Spitznamen »Knetto«ins Visier: »Ach der Sauhund ist auch wieder da!«Anders als damals bei dem Fluch seines Großvaters über seinen Vater wusste er jetzt direkt, was gemeint war. Der Lehrer hatte es auch fürderhin nicht leicht mit ihm. Er taufte ihn und seinen ebenfalls Max heißenden Kumpel »Caboclos«. Warum sie dem pöbelnden Lehrer als diskriminierte und wenig vertrauenswürdige Indiomischlinge erschienen, hat sich ihnen nicht erschlossen. Sie trugen den Namen aber als Ehrennamen, und er blieb für sie »Knetto das Geografiemonster«. Mit leicht schadenfrohem Grienen erzählt Max davon, dass ihm in seinem beruflichen Leben in München eine Knetto-Tochter als Kollegin über den Weg gelaufen sei, deren Erzählungen über das »autoritäre Vater-Arschloch«er genossen habe. Als sie ihn fragte, ob der den Alten von ihr kenne, hat er das strikt verleugnet, weil er sein Herz noch ein paar Takte mehr an ihren Berichten wärmen wollte.

Gerne trieb er sich als Jugendlicher in Stadien herum und lauschte den Fußballfans. Sprachlich war das auch in Kulmbach beim ATS eine reiche Schule. Das »Schieß, Schieß«der Oberpfälzer begeisterte ihn, denn es klang eher wie »Schä-iß, Schä-iß«! Die Nürnberger Fandrohungen: »Glei kriegst a Fotz'n«klangen anregend, waren aber gänzlich asexuell als Wort für Ohrfeige gemeint. Die südbayerischen Fans fand er dröge, weil die bei allem und jedem nördlich des Weißwurstäquators nur »Saupreiß ausgschamter«schimpften. Eine Berliner Gastmannschaft veranlasste die mitgereisten Fans, zweifelhafte Schiedsrichterentscheidungen mit einem unfröhlichen »Is doch ins Knie jefickt, wa?«zu kommentieren. Max war stolz, ihnen muttersprachlich antworten zu können: »Mit watt denn? Dafüa habt' ia ja nischt inner Hose!«Da klangen die Hessen gegenüber den Schiedsrichtern schon etwas bedrohlicher: »Ei isch zeisch der gleisch mein Hamme«. Mit Begeisterung zitiert Max seinen Lieblingsspruch aus seiner Frankfurter Zeit: »Die Hesse die sind ahl Verbrescher, sind Lumpehund und Messerstescher.«In den Aufzeichnungen von Max steht nur bei einer sächsischen Mannschaft der Kommentar »schlimm«. Noch aus der Zeit der offenen Zonengrenze im Dorf bei Großvater gab es ein Pokalspiel mit welchen von drüben, »vom Russen«. Laut waren sie und Max verstand rein gar nichts und rätselt bis heute, was das wohl hieß. Es klang so wie: »Die Gabbitalistenschweine alle machen.«Es kann aber auch: »Gaksch (= Unsinn?), Mist, die Schweine alle machen«geheißen haben. Alle machen war in jedem Fall gemeint, wenn aber einer von ihnen am Boden lag, skandierten sie: »Die Weech'n besiechen die Harten!«

So kreativ wie heutige St. Paulianer war aber wohl keine der damaligen Truppen. Sein Dialektinteresse war auf jeden Fall geweckt und wurde später in seinem Berufsleben durch die Rachenlaute der Schweizer weiter gestärkt. Er fand es herrlich in einem Zürcher Stadion zu hören: »Des cha mer nöt ushalte, das chaibe Gekicke (das kann man nicht aushalten, das verdammte Gekicke).«

Es war ein WM-Tor, das sein sportliches Interesse auf einen Höhepunkt führte, während er sich in Tunesien aufhielt. Das berühmte 3:2 WM-Tor des Finales von 1966, das legendäre Phantomtor, wurde von allen Jungs auf der Straße in Tunis mit höchster Theatralik und Papierknäueln oder Dosen an Hauseingängen vorgeführt. Ihr Befund war immer übereinstimmend antibritisch: »Kein Tor!«Der Schiri-Dienst aus der Schweiz bzw. sein aserbaidschanischer Linienrichter hatte es leider anders gesehen. Überhaupt war Tunesien ein freundliches Land mit

tollen Menschen. Die 12. Klasse war für den Kriegsgräbereinsatz auf dem Messegelände untergebracht
und war mit einer Bundeswehrmaschine in Tunis gelandet. Der Hauswart der Messehalle begrüßte sie an
der Gangway stehend mit dem Hitlergruß. Für ihn
war noch Rommelzeit. Der sozialdemokratische Bun-
destagsabgeordnete, der ihre Delegation anführte,
hatte dagegen als Sohn eines Sozivaters schlechte
Erfahrungen mit der Hitlerjugend gemacht. Er griff
geistesgegenwärtig zu und packte die erhobene
Rechte mit beiden Pratzen. Er schüttelte sie einige
Minuten lang und nahm die vielen »Bienvenus«und
»Tarhibs«gnädig entgegen. Beim Botschaftsempfang,
der den Kriegsgräberpflegern gewährt wurde, ent-
puppte sich der leutselige Botschafter als wunder-
barer Verwandter der Baroness. Leider hatte er ein
schweres Schicksal und fiel später in Südamerika
einem Attentat zum Opfer. Die vielen Pfefferminz-
tees unterwegs durchs Land schmecke er heute noch
auf der Zunge, schwärmt Max. Schön war auch das
»Freude schöner Götterfunken«einer tunesischen Ly-
cée-Klasse mit Deutsch als Fremdsprache. Deutsch
sei ihnen eine fremde Sprache geblieben, schreibt
Max unter einem beeindruckenden Foto von dreißig
tunesischen Schülern und Schülerinnen. Es war kein
Wort zu verstehen, die Völkerfreundschaft erforderte
aber reichlich Beifall, den die deutschen Schüler
gerne spendeten. Wieder musste er, Max, zur Erwi-
derung ran, und da er nichts anderes richtig kannte,
war es wieder »Gregor gehe nicht zum Abendtanze«.
Die Zementkreuze von so vielen sinnlos gestorbe-

nen Altersgenossen bei Sfax und Sousse haben ihn und seine Klassenkameraden bedrückt. Erst in Kairouan wurde die Stimmung wieder ein bisschen besser. Die aus Beutestücken von europäischen Kirchen bunt zusammengewürfelte Moschee in Kairouan hat dann geholfen, seinen Trübsinn deutlich zu mildern. Islamistische Fundis wie heute gab es da wohl noch nicht. Ein Muezzin nahm ihn hoch in das Minarett der Hauptmoschee mit und brachte ihm nach dem Gebetsruf unter Lachen über seine katastrophale Aussprache die Al-Fatiha, »die Eröffnende«bei. Kann sein, dass er so Muslim geworden ist. Er merkte aber nichts davon.

Als sie die Trümmer von Karthago besichtigten, breitete sich Frohsinn in ihrer Truppe aus, wohl, weil die Römer so gründlich abgeräumt hatten und es da außer Trümmern in maximal Kniehöhe nichts zu sehen gab. Deshalb entstand auch keine Furcht, etwas länger erläutert zu bekommen, als die Primanergeduld reichte.

Seine Erfahrungen mit Sprachen waren wechselhaft. Das Arabisch, was er in einem marokkanischen Knast in 14 Tagen gelernt habe, war zweifelhaft und diente lediglich der Beschaffung von Lebensmitteln. Warum er dort war? Das ist eine andere Geschichte, die er glaubhaft berichtet: Weil er Zeuge eines Messerangriffs war und dem Opfer geholfen habe. Das war in Kenitra/Marokko wohl Grund genug ihn einzusperren, weil sonst niemand am Tatort war. Ein bewundernswert sachlicher und durchsetzungs-starker Botschaftsangehöriger hat ihn dann nach 14 Tagen rausgeholt. Jetzt nach über fünfzig Jahren traue er sich erstmals wieder hin, in der Hoffnung, das raue Französisch-Gebrüll der Vernehmenden nie mehr hören zu müssen. Mit Arabisch sei er durch den Muezzin in Kairouan schon versöhnt worden. Mit Französisch hat es länger gedauert, zumal sein Französischlehrer am Gymnasium auch Sport unterrichtete. Und da sind wir beim nächsten disziplinarischen Problem. Als der Totti genannte Sportlehrer einen fetten Mitschüler mit einer wohl mit Absicht missglückten Hilfestellung am Langpferd fast enteierte, gründete Max eine Bewegung: die der Antilongitudinalequosaltisten, zu Deutsch Anti-Langpferdler. Sie waren Lateiner und bemühten sich, bei allem ihre Bildung zu zeigen. Er verabschiedete sich bis zum Abi von allen Leibesübungen und nahm stolz eine aus Vornote Eins und Nichtantreten am Gerät in der Abiturprüfung Sechs gemittelte Vier entgegen. Und überhaupt, Max hört sich beim Berichten heute noch trotzig an. Der Lehrer sprach ein thüringisch verquastes Französisch. So was hätte man nicht freudig lernen können. Wobei schon das Thüringische für sich und nicht in eine fremde Sprache gemischt knapp auszuhalten sei.

Mit etwas gemischten Gefühlen erinnert er sich nämlich an die Dialekte der Großeltern. Von der Coburger Seite kam das Fränkisch-Thüringische auf ihn zu und erstaunte ihn immer wieder, wenn es hieß »des kos doch net gegäb« und gemeint war, das könne es nicht geben. Der Großvater scherzte, wie schon erwähnt, gern beim Tischlern: »Zwämol ogsaacht und trotzdem zä korz«(zweimal abgesägt und trotzdem zu kurz). Sein Vater ein um die Coburger Herkunft bereinigter Fränkisch-Sprecher konnte sich beömmeln über merkwürdiges Fränkisch wie sein eigenes ursprüngliches und das verwandte, das von Bauernburschen aus dem Kronacher Land gesprochen wurde. Eine Zeitlang unterrichtete er sie und hatte viel Freude daran, wie sie sich mit »mir«und »mich«schwertaten. So forderte ein Schüler den anderen auf: »Gab mich amol dei Mäßla«, und meinte damit, er wolle mal das Lineal haben. Es wurde zum Running Gag in der Familie: Gab mich amol des Salzfässla, gab mich amol des Teekännla etc. pp. Aber wie schon erwähnt, die spannendsten Dialekterfahrungen habe Max im Norden gesammelt, weil er Platt verstehen musste, um an Bord klarzukommen und im Süden mit Schweizerdeutsch, weil die Kollegen und die Kundschaft in Zürich nicht Hochdeutsch sprachen. Wenn sie es versuchten, dauerte es für eine reibungslose Verständigung viel zu lange.

Der badische Dialekt eines Cousins ist ihm als angenehm haften geblieben, zumal der ihn mit einem einprägsamen Witz einführte. Er malte auf ein Blatt Papier ein Ei, eine Wanze, einen Geißbock, ein Wollknäuel und schrieb dahinter 1. Stock. Da Max Bahnhof verstand, erklärte er ihm grinsend: Polizeierlaubter Hinweis auf eine Nutte: Ei-wannse-bocke-wolle-im erschte Stock …

Den Radio-Dialekt Nr. 2 seiner Jugend, das Sächsische, als Zonenrandbewohner mit gutem Radio DDR-Empfang, habe er nie ohne Schauder hören können. Das ist für ihn nach der Wende eher noch schlimmer geworden. Sein Misstrauen gegen Ost-elbien ist weiter stark und wird durch AfD-Wahl-ergebnisse eher noch gefördert. Er meint schulter-zuckend, wie soll man Sympathie für einen Dialekt entwickeln, mit dem man auf einer DDR-Autobahn in einer anlasslosen 50er-Zone abgezockt wurde: »Sie ham gechen die Strossenvergährsordnung der Dä-DäÄrr verstoßen.«

Je schwerhöriger er im Alter werde, desto mehr werde ihm zum Rätsel, wie sich Menschen über-haupt fehlerfrei verständigen können, wenn sie doch alle so ganz anders reden, als es sich gedruckt liest. Welche Mühe Menschen aufwenden, eine Sprache erst zu verstümmeln und dann die verstümmelten Lautäußerungen von anderen zu decodieren, habe ihn immer erstaunt. Ich muss ihm beipflichten, denn ich habe auch nie verstanden, warum wir nicht alle unser Ur-Lucysch beibehalten haben. Aber die Men-schen mussten ja auswandern, sich in voneinander getrennten Talschaften organisieren, Wüsten und Flüsse zwischen sich legen und so dafür sorgen, dass aus zur gemeinen Gewohnheit gewordenen Sprech-und Hörfehlern Separatsprachen wurden. Wer blickt denn da noch durch, ergänzt Max, wenn um einzi-ges Frankenwalddorf herum die »Zwei«mal »Zwaa«, mal »Zwuu«, mal »Zwee«mal »Zwoo«heißen kann und gar noch im verschütteten Dual «Zweene«. Da brauche er die 121 Sprachen des indischen Subkonti-nents gar nicht, um zu schaudern und zum Freund der radikalen Globalisierung zu werden. Das Handy samt Internet wird alles einebnen und wir sprechen irgendwann alle Anglo-Emojistani – und da fügt er fast trotzig »hoffentlich«hinzu.

Dorf oder Stadt

Bey lahmen leuten lernt man hincken.
(Altdeutsche Spruchweisheit)

Eine seiner radikalsten Entscheidungen war die, im Ruhestand aus einer Kleinstadt wieder in eine richtige Stadt zurückzuziehen. Warum weg vom Landleben? Wer sich die Ortsnamen in seiner Gegend genau anhört, wird die Tendenz zu weichen verstehen. Sie haben da eine Psychiatrie in Debstedt, als Ortsnamen wenig besser als das nordrheinwestfälische Bedburg-Hau. In dieser vormaligen Bettenburg für Menschen mit Hau, hatte ich ein unrühmliches Praktikum absolviert und war kläglich an der Irrenbefreiung gescheitert, weil keiner der Dauerpatienten entweichen wollte. So viel als Assoziation zur Psychiatrie in Debstedt. Die umgebenden Orte im Lande Hadeln sind ihm auch nie ganz geheuer gewesen. Wenn man in Drangstedt losfährt, kommt man nach Hymendorf, dann nach Flögeln und von dort nach Fickmühlen. Dennoch sind in der Gegend keine besonderen erotischen Highlights auszumachen, es handelt sich vielmehr um nicht eingelöste Versprechen.

Da wollte er also wieder weg. Der Niedergang des Kulturlebens in seiner Kleinstadt, belegt in zahlreichen Ausschnitten der lokalen Presse, hat den Entschluss beschleunigt. Nachdem ein Stadtschreiber ein prominenter Identitärer war, war der nächste ein Ex-Schlapphut, der mitten in seinem Stadtschreiber-jahr verstarb. Der Preisträger eines Literaturpreises trat gar nicht an, weil ihm eine spontane Bürgerbewegung klarmachte, dass sie keinen Hetzer hier haben will. Ein Konzert war abgesagt worden, weil die Stadt meinte, beim weltberühmten Trompeter ein paar Euro einsparen zu können. In der Folge gab es nur noch B- und C-Besetzungen und mehr Shantychor als Symphonisches. Ein Juwel blieb intakt, von dem schwärmt Max, ein kleines Museum für zeitgenössische Kunst. Er fügt aber hinzu: »Nur weil es beim Landkreis ein paar Leute gab, die das Geld nicht für Feuerwehrfahrzeuge umwidmen wollten und weil eine Sparkasse als Sponsor brav bei der Stange blieb.«Allerdings ist das Museum so zeitgenössisch und so abstrakt, dass die meisten Bürger sich entsetzt abwenden. Glücklicherweise hat es eine Direktorin, die keine Beliebtheitspunkte vor Ort, sondern lieber welche in der Kunstszene sammelt. Max meint, es sei immer wieder schön zu sehen, wie all die ignoranten Mitbürger zu Vernissagen doch auftauchen, weil es da Wein und Brezeln gratis gibt.

Die ganze Gegend ist geprägt von ihrer landschaftlichen Schönheit mit ihrer horizontlosen Weite. Neben die setzt Max sofort Elbvertiefungen, zugegüllte Wiesen und eine permanente Strukturkrise hinzu. Die nahe Kreisstadt sei eine einzige Krise. Der neue Renner Windindustrie hat eine Menge unternehmerischer Windbeutel aus ihren Löchern gelockt. Und nun machen sie Wind. Seit fünf Jahren gibt es eine angekündigte Fährverbindung auf die andere Elbseite. Jede Woche einmal kommt eine Startnachricht und dann das Dementi. Die Herren und Damen Unternehmer sind gnadenlose Subventionsritter, und wenn die staatlichen Zuwendungen für ihre windigen Projekte nicht fließen, unternehmen sie gar nichts. An einem Fischereimuseum hat die Stadt fünfzehn Jahre gebaut. Gut, dass es eine Bahnverbindung nach Hamburg gibt. Allerdings fordert sie Geduld, weil an dieser Linie alle Bäume zum Umstürzen neigen, die zu wenig vorhandenen Lokführer mit Krankheit den Stundentakt zum Halbtagstakt machen und immer wieder Lebensmüde just diese Linie für ihre letzte Aktion wählen. Auch die Straßenverkehrsanbindung ist blamabel. Dennoch schaffen fast alle jungen Leute mit Grips im Kopf abzuhauen. Und nun eben auch noch ein paar alte Leute und unter ihnen Max.

Irgendwann war ihm klar: Schöne Zeit hier gewesen, vor allem für die Kinder so lange sie klein waren, jetzt aber nichts wie weg! Aber nach so langer Eigenheimzeit eben besser nicht als Mieter! In seiner Region kaufte man Häuser zu den Preisen von Hamburger Carports. Wie in dem boomenden Moloch Hamburg Wohnungsbesitz erwerben? Alternativ nach Hannover oder Bremen? Hohnlachen bei Max als Kommentar. Eine im Hamburger Abendblatt als innovativ gepriesene Baugemeinschaft erwies sich als probater Ausweg. Doch Bauen in Hamburg ist nicht einfach und einen Sack Flöhe hüten, sprich eine Bauherrengemeinschaft mit 30 Partnern auch nicht. Dass es doch gelang, war zwischendrin nicht immer klar. In so einer schwierigen Zwischenphase bevorstehenden Scheiterns des Projektes kam ihm um die

Weihnachtszeit herum eine Weihnachtsgeschichte in den Sinn.

Maria und Josef
bauen in Hamburg

Wenn eyn wand baufellig wird/
und fallen will/
seichen die hund daran/
und gibt ihr jedermann eyn stößlin.
(Altdeutsche Spruchweisheit)

Josef und Maria waren neu in Bethlehem. Sie suchten eine Bleibe ohne missgünstigen Vermieter und mit unverbaubarem Blick auf das himmlische Jerusalem. Josef, selbst vom Baufach, wusste, dass ohne Partner ein solches Projekt nicht zu stemmen war. In Bethlehem war gerade ein Konzert-Tempelbau gigantisch verzögert und schlimm verteuert worden. Die Ausrichtung der Olympischen Spiele des Vorderen Orient war eben an wutbürgerlichen Umständen gescheitert. Deshalb herrschte hohe Nervosität unter Stadtvätern und Bauleuten.

Um dem Geraune ein Ende zu machen, das von Ineffizienz sprach, von Verdrängung und von herzloser Geldverteilung zu Gunsten der Oberen, sollte nun ein neues Viertel entstehen. Ein wichtiger politischer Symbolakt war es, auch einfachen Leuten einen unverbaubaren Blick auf das himmlische Jerusalem zu versprechen. Man wollte auch den Touris, die durch das neue Viertel streunen würden, ein paar echte und dort lebende Menschen vorzeigen können. Diese sollten in der tourifreien Zeit auch dafür sorgen, dass die Kneipen und die Läden nicht eingingen.

Josef und Maria hatten das alles schnell begriffen und noch schneller hatten sie sich einer Gruppe Gleichgesinnter angeschlossen. Ein Rechtskundiger hatte rasch eine Satzung geschrieben, ein Kassenkundiger Mitgliedsbeiträge eingezogen und immer neue Blickrichtungen auf das himmlische Jerusalem wurden von Baukundigen probehalber studiert. Sitzung um Sitzung wurde absolviert, die öffentliche Trommel gerührt, Hoffnung auf Hoffnung immer wieder gedämpft und dann zu Grabe getragen. Spatz-in-der-Hand-Realismus wurde Trumpf. Es sollte nicht Wolkenkuckucksheim bezogen werden, sondern ein solides Bauwerk auf festem Grund und Boden. Das heißt aber auch, der freie Blick auf das himmlische Jerusalem verlor sich im Gewirr der neuen Blickachsen und unter der Lufthoheit der Protokolle im Nebel der Bürotektur (damals geläufiges Kunstwort für Bürokratie + Architektur).

Als Bethlehem schließlich ein Grundstück freigab, tat es das nicht selbst, sondern durch seine 100%ige Tochter, die Himmliches Jerusalem GmbH, die aber selbst wiederum einer Kommission für Claimsverwaltung und Bauverhinderung rechenschaftspflichtig war. Als dann also ein Grundstück angeboten worden war, begann nicht der Bau, sondern die Komplikationen.

Ständig neue Ideen der »Himmlisches Jerusalem GmbH«komplizierten das Projekt. Künftige Bewohner mussten schwören, auf Esel und Kamele gänzlich zu verzichten, wegen des Straßenlärms hinten hinaus zu schlafen, um gar nicht erst anzufangen, die nahegelegene Karawanserei lärmig oder schmutzig zu finden. Ein Weiterverkaufen der Wohnungen wurde zur kostenpflichtigen Sünde erklärt. Dann musste auch noch ein Brennholzlieferant für 50 Jahre ausgewählt werden – also eigentlich nicht ausgewählt, sondern genommen. Im Untergrund wurde nach zerbrochenen Schilden und Speeren aus einer früheren Schlacht sondiert. Als nichts gefunden wurde, löste dies Bestürzung und eine noch genauere Nachsuche aus. Dann wurde geplant – aber nicht einfach von Planern, sondern zuerst von Master- und Metaplanern, die Planer beauftragten, welche wiederum Unterplaner ins Feld schickten. Es dauerte Jahre unter ordentlicher Aufsicht von Planeraufsehern, bis die Lehmbodenstampfer, Dachaufrichter, die Treppen-Nageler, die Feuereimer-Lieferanten, u. v. a. m. sich geeinigt hatten und bis die Himmlische Jerusalem GmbH deren Planungen entnervt durchgewinkt hatte. Das geschah allerdings erst, als die Zimmerleute zugestimmt hatten, ihren Holzbau ganz mit Ziegeln zu verkleiden. Nun konnte es (fast) losgehen. Die Oberkoordinatoren stellten mit Sorge fest, dass alles immer teurer wurde, zumal im himmlischen Jersualem wie verrückt gebaut wurde und jeder schäbige Holzlieferant (für Zedern aus dem Libanon) die Preise nach oben schrauben und Bürgerkriegsausgleichszahlungen durchsetzen konnte. Als dann noch statt der Zedern die Menschen aus dem Libanon kamen, wurde der Baumarkt gänzlich unübersichtlich. Die Oberkoordinatoren bestellten jede Menge Unterkoordinatoren, die rechneten und diskutierten, aber auch an den Preisen nichts ändern konnten. Die Oberkoordinatoren beschränkten sich dann aufs Protokolleschreiben. Ein reitender Botendienst (hier waren Esel und Kamele noch erlaubt) versorgte alle Beteiligten mit den jeweils alten wie den neuesten Planungen nebst Preisen. Dazu wurde ein Brief des wechselseitigen Wohlwollens verfasst und nach einem Jahr triumphal einstimmig beschlossen. Die Harmonie der Veranstaltung wurde nur durch einen Unterzeichner gestört, der rüde einwarf, ihm sei wurscht, was er unterzeichnet habe. Wenn es gegen seine Interessen gehe, fühle er sich an nichts gebunden. Das wurde um des lieben Friedens willen nicht ausdiskutiert, vielmehr wurde der Brief des gegenseitigen Wohlwollens – heute nennt man sowas »letter of intent«– auf eine neue Stufe gehoben und zu einer Gleiche-Rechte-und-Jeder-Hilft-Jedem-Erklärung (heutzutage: Wohnungseigentümergemeinschafts-Vertrag) umformuliert. Zugleich wurde eine Schnittstellenkonferenz einberufen, die das, auf was man sich nicht einigen konnte, per Schnitt erledigen sollte.

Richtig schwierig wurde es nach vier Jahren, als es ans Bauen ging, denn das Haus von Josef und Maria hatte nur die zweite Reihe abbekommen, also war der Ausblick aufs himmlische Jerusalem nur im obersten Dachstockwerk und da auch nur unter Recken und leichtem Verdrehen des Rumpfes möglich. Dennoch waren die potenziellen und die virtuellen

Blicke aufs himmlische Jerusalem nach wie vor begehrt. Maria war mit dem Bau dermaßen schwanger gegangen, dass sie jetzt niederkommen sollte. Erst da merkten beide, dass die Wohnungsverteilung schon abgeschlossen war. Wer zu spät kommt … und sie landeten im Stall, der ja wegen des Eselsbanns nicht gebraucht wurde. Witzigerweise stand da doch ein Esel. Hatte ein Bewohner getrickst?

Als ihr Söhnchen geboren war, freuten sie sich sehr. Auch später haben sie ihre Wohnungswahl nie bereut. Alle Hausbewohner grüßten einander höflich, ganz egal aus welchem Stockwerk sie kamen. Das war an sich schon etwas wert. Ihr Söhnchen war ein kluger und umtriebiger Kopf, der sich eine Menge Häuser spendieren ließ. Angeblich sind die vielen Häuser alle für seinen eigentlichen Vater gebaut worden – und so gehen bis heute eine Menge beeindruckender Altbauten und immer wieder auch Neubauten auf ihn zurück.

Übrigens wurde die Karawanserei bald danach geschlossen und in eine Museumskarawanserei verwandelt. Missliebige Nachbargemeinden hatten der Kamelpfaderweiterung widersprochen. Immerhin roch es nun nicht mehr so streng und die Nachtruhe der Bewohner war auch vornehinaus garantiert. Natürlich wurde die Vorschrift der Himmlisches Jerusalem GmbH nicht geändert, sodass alle Bewohner nachts heimlich mit ihrem Bettzeug umziehen mussten. Nur Kamele und Esel gibt es nach wie vor fast keine. Kein Problem, die meisten Bewohner hatten sich eh einer neuen Sekte angeschlossen, den »Gott-

gefälligen Fußlatschern und Steckenpferdreitern«.
Und wenn sie nicht gestorben sind ...

Dass die Mitglieder der Baugemeinschaft die Geschichte nicht goutierten, sondern kopfschüttelnd als
Defätismus betrachteten, versteht sich von selbst.

Nun steht der Einzug bald an. Nach all der langen
Zeit findet Max besonders tröstlich, dass in dem neu
entstehenden Viertel auch eine Palliativstation vor-
gehalten wird.

Professionelle Wurzeln

Wenn die kuh will auf dem Brett spilen/
der esel auf der lautten schlagen/
der fuchs fliegen lernen/
un der aff holz spalten/
so ist schad/
schmimpff und spott das best handwerk.
(Altdeutsche Spruchweisheit)

Bevor Max sich der Nähe zur Palliativstation überantworten kann, möchte ich noch der Frage nachgehen, warum er so einen verrückten Berufsweg gewählt hat. Ich kann das ja als meine eigene Dummheit nachfühlen, finde es aber nicht vernünftig, angesichts des Misstrauens beim Publikum und angesichts der erbärmlichen finanziellen Bedingungen des Berufes. Max ist so ein kluger und rational denkender Kopf. Warum nicht Jurist, Arzt, Betriebswirt oder Künstler? Es waren wohl die Schicksalsschläge, die ihn gelenkt haben. Am Anfang steht die verwehrte Musikerkarriere dank Suizid der Lehrerin und weitere Misshelligkeiten. Mit der Dichterkarriere wurde es auch nichts, weil das Hohngelächter, der Mädchen, die er mit seinen Gedichten bedacht hatte, in seinen Ohren zu schrill nachhallte. Offizierskarriere gescheitert an einem eugenisch gesinnten Musterungsarzt. Lehramt außer Diskussion, weil ein Lehrer in der Familie schon eine üble Hypothek war. Seefahrt verstellt, weil schon ein Bruder dort Karriere machte. Sein Selbstbewusstsein war erschüttert, schon von der Kindheit her. Bis zum Alter von drei Jahren dachte er dank seiner Leute, sein Name sei »Nein«, denn es fiel an ihn gewendet ständig. Als er das »Nein«als brauchbare Rede selbst übernommen hatte, folgte das relative Scheitern als Schulrevolutionär und deshalb gab es keine Möglichkeit, ein guter Berufsrevolutionär zu werden. Seine spätere zweite Frau hatte es da leichter, weil sie nicht auch noch für ein Kind sorgen musste. Stimmungsvoll zogen die 68er Eltern ihre Kinder in einer freien Kindergruppe in einem aufgelassenen Gefängnis auf. Da die Eltern untereinander mit einem ständigen Bäumchen-Wechsel-Dich beschäftigt waren, war es nach Einmal-Durch-Alle sehr hilfreich und bereichernd Praktikantinnen und Praktikanten zu haben. Eine war so eine theoretische Berufsrevolutionärin aus den Roten Zellen, die niedlicherweise von den Konkurrenten immer nur »Rotz«genannt wurde. Das Gute an den roten Zellen war, dass sie fast nur Theoriearbeit machten, weil sie noch an der Optimierung der Revolutionstheorie arbeiteten. Zum Studium hatte diese Praktikantin zwar keine Zeit, weil die marxistische Theorie fordernd war und die Theorieoberen Anlass gaben, sich immer noch für eine richtige Revolution zu dumm zu fühlen. Das Studium hat gelitten, aber irgendwie hat sie es dann in einem Turbo-Lernanfall dennoch gut bewältigt. So waren sie dann Kollegen und konnten sich ihrer O-Bein-Geschichte zuwenden. Zusammen, auseinander, wieder zusammen. Da er immer noch bei seiner sexuell sehr bedürftigen Erstehefrau herumhing, war die Geliebte verstimmt, und sie erkor sich seinen Freund und Kollegen als sexuellen Sparringspartner. So kam es im Institut zu einem Riesenkrach, und mit ihr kam es zu einer Trennung und erst viel später dann zu einem Happy End, weil sie gemeinsam davon überzeugt waren, dass alle anderen potenziellen Partner einfach noch döfer sind.

Da es zu den Zeiten der frühen Siebziger noch keine Toskana-Fraktion gab, war der revolutionäre Weg für ihn nicht so verheißungsvoll. Und bei den anderen, den Konservativen und Liberalen kam ein Andocken schon gar nicht in Frage. Geschniegelte und karrieregeile geblähte Egos waren nie sein Fall. Die Politkarriere beschränkte sich auf einige Juso-Jahre vor dem Studium, verbunden mit denkwürdigen Wahlkampfauftritten. Bei einer Rede des CSU-Vorsitzenden Strauß z. B. haben sie von der Galerie des Vereinshauses, einer Art Stadthalle, Rasierspiegel geschwenkt, um an Straußens Rolle in der Spiegelaffäre zu erinnern. Der forderte sie auf, nur selbst hineinzuschauen, um so die hässliche Fratze des Kommunismus zu sehen. Sie kamen sich gewürdigt und beachtet vor, und flogen prompt raus, weil die Saalordner weniger zum altphilologischen Florett von F. J. Strauß als zum Vorschlaghammer neigten. Seine politische Karriere an der Uni war bescheiden, über den Simpel-Status ging sie nicht hinaus. Mit Simpel bezeichneten die Politaktivisten in der Zeit wenig freundlich die Novizen im revolutionären Kampf. In seinem Falle war er Sympathisant des Marxistischen Studentenbundes. Ein Besuch in der

DDR bei befreundeten FDJlern reichte ihm völlig, um weiterhin Abstand zu pflegen. Ihm ist erst später klargeworden, dass die vielen Gratisbiere im Haus des Lehrers in Ostberlin ein plumper Anbahnungsversuch waren, der an ihm und seiner gehobenen Stimmung abprallte. Auch Revanchismusvorwürfe und Atomkriegsdrohungen aus dem Munde der Gesprächspartner konnten seine Belustigung, über die im Stechschritt vor der Alten Wache paradierenden Volksarmisten nicht schmälern. Sein Amüsement über die Humorlosigkeit seiner FDJ-Gegenüber in ihren miserablen DDR-Jeans war nicht durch einen festen Klassenstandpunkt zu mindern. Er war für den realen Sozialismus ungeeignet, und gefangen in der Sünde des bürgerlichen Individualismus, mithin ein als Parteisoldat unbrauchbarer Querkopf. Bei den vielen Ostberlinbesuchen bei keineswegs staatsfrommen Freunden hatte er immer Lektüre dabei, Spiegel, Stern, Herbert Marcuse und Sigmund Freud waren die Renner. Einmal an der Grenze aufgeflogen (»Verstoß gegen die Pressegesetze der DDR«), staunte er nicht schlecht, als die beschlagnahmte Konterbande unter den gierig grabschenden Grenzsoldaten aufgeteilt wurde. Die waren dann schon früh für 1989 präpariert. Sein größter Gag war, dass er die erste Verfassung der DDR als Samisdat einführte. Die war nämlich in der DDR nicht zu kriegen. Sie enthielt neben den Menschenrechten noch eine weitere Reihe von Peinlichkeiten wie den Auftrag zur Wiedervereinigung. Deshalb ließ man sie in der DDR einfach verschwinden.

Bei so viel Zerrissenheit blieb ihm gar nichts anderes als die Seelenklempnerei. Eine Zeitlang hatte er parallel mit der Juristerei sympathisiert. Das lag aber nur an einem legendären Professor in Marburg, der seinem Humorverständnis sehr entgegenkam. Die USA-Mondmission war noch nicht erfolgreich zu Ende gebracht, da begann schon die juristische Aufteilung des Mondes. Das brachte einen Marburger Privatrechtsprofessor dazu, sich probehalber mit der Claimseinteilung auf dem Mond zu befassen. Die Veranstaltungen waren Kult und wurden durchaus v. a. von Nichtjuristen besucht. Dröhnendes Lachen und Begeisterungsstürme wiesen den Weg zum Vorlesungssaal, wo gerade der Mond aufgeteilt wurde – und zwar auf vergnügliche Weise, die gesamte Rechtsgeschichte umspannend. Es gab auf hundert Plätzen 300 Besucher und ca. 200 Zigaretten, Joints etc. Es ist erstaunlich, dass so viele diese Stunden überlebt haben. Der alte Herr, vom Alter schon etwas gebeugt, mit schlohweißer schulterlanger Mähne als Kranz am Rande der Tonsur und reichlich Schuppen auf dem Kragen wurde wenig respektvoll nur der »alte Schupper«genannt. Er hatte sich seiner Emeritierung widersetzt und einfach weiter seine Vorlesungen gehalten. Wie er richtig hieß, wollte ich wissen. Max will sich nicht festlegen. Vielleicht hat er noch ehrverteidigende Nachfahren? Er schlägt vor, ihn Schnurz von Hohnepiepel zu nennen – das komme seinem Namen sehr nahe. Der las unverdrossen und mit ernster Miene, wie ein russischer Grenzübertreter von einem wackeren US-Bürger erschossen wird, woraufhin nun eine Debatte entbrannte, wem und zu was der Leichnam gehörte. Der Professor merkte vorsichtig an, dass ein Krieg darum, eine gewisse Wahrscheinlichkeit habe, aber bei Gültigkeit des Bergrechts nicht in Frage käme, weil der Leichnam im amerikanischen Claim liegend so zu behandeln sei, wie dort gefundene Steinkohle oder Gold. Die Amerikaner könnten ihn also verkaufen. Es sei privatrechtlich unerheblich, wie sie ihr Gold geschürft hätten. Dagegen könnte die Sowjetunion als Käufer allerdings den Verwesungszustand als Qualitätsmangel geltend machen und müsste Preisnachlass erhalten.

So ging das stundenlag weiter und die tobende und rauchende Studentenmeute verfiel zunehmend in Ekstase. Der schon etwas zerstreute Professor vergaß zudem meist die Zeit und dozierte unverdrossen weiter, obwohl schon Studierende zur Nachfolgeveranstaltung in den Raum drängten, eine physikalisch fast schon nicht mehr mögliche Verdichtung auslösend. Wenn dann noch jemand den Katheter anrempelte, merkte Schnurz, was gespielt war, raffte sein Manuskript zusammen, brummte: »Sie sind sehr ungezogen!«, und bahnte sich mit eingezogenem Kopf einen Weg nach draußen. Diese unterhaltsame Beschäftigung mit Zivilrecht reichte am Ende nicht für eine Studienmotivation bei Max.

Der Vater brummte bei seiner Entscheidung für die Psychologie nur leicht, weil eine gewisse Nähe zur Pädagogik noch da war, die Mutter tröstete sich damit, dass es eine gewisse Nähe zur Medizin gab.

Die Medizin selbst hätte sie viel lieber gesehen. Was sie an der Medizin reizte, da sie selbst bekennende Selbstheilerin und Ärztevermeiderin war, hat er nie verstanden. Es gab da aber wohl in Hannover einen Cousin, der Röntgenarzt geworden war, und in den muss sie mal verknallt gewesen sein. Er selbst fand die Vorstellung der Anbohrung diverser Körpersaftquellen und der Konfrontation mit menschlichen Ausdünstungen und Brockenhusterei weniger lecker. Er ist bis heute die fatale Neigung nicht losgeworden, trocken zu würgen bei Kotzgeruch in der Luft auf der Helgolandfähre oder angesichts von Hunden, die bevorzugt ihm auf die Schuhe kotzen. Ganz bestimmt wissen sie um seinen sensitiven Punkt! Schon seine erste essgestörte Patientin hatte seine Schwäche für Terror genutzt. Als er einen Konferenzvortrag hielt, lehnte sie sich im Studentenwohnheim gegenüber aus dem Fenster und entleerte sich in eine Plastiktüte. Und es war viel und ging lange, denn sie neigte bei ihren Essanfällen dazu, zwei Stück Butter und einen ganzen Laib Brot zu bewältigen. Und derweil referierte er mit viel Räuspern. Ein angebotenes Glas Wasser wagte er nicht zu nehmen, weil er fürchtete selbst überzulaufen. Er kam glücklich zu Ende und traf eine frühe Spezialisierungsentscheidung. Er wollte keine Essstörungen mehr behandeln. Das Gewürge der Kinder bei Keuchhusten und anderes, wo das Innere nach außen gekehrt wird, machte ihm nicht halb so viel aus. Das ist auch ein wichtiges Merkmal von Familie meint Max: Familie ist, wenn einem die Windelgerüche, die Kotze und die Wunden nicht in die Flucht schlagen.

Er fügt hinzu, Familie ist auch, wenn man eine unter einen Fingernagel gerammte Klammer aus einem Tacker erst sorgsam entfernt, die Wunde desinfiziert und verbindet und erst dann in Ohnmacht fällt.

Ein Rotkreuzdienst mit Rettungswageneinsätzen in der Oberstufe hatte früher schon zur weiteren Klärung der Studienmotivation geholfen. Ein gestürzter Motorradfahrer wollte nicht zum Krankenwagen, büchste aus, fuhr dann aber wegen der Schmerzen doch zum Krankenhaus, natürlich mit dem Motorrad. Als sie mit dem Rettungsfahrzeug dort ankamen, lag er vor dem Eingang neben seinem umgestürzten BMW R 27 in einer Blutlache und war nicht mehr zu retten. Sein gebrochenes Becken und sein Motorrad hatten unglücklich interagiert. Max' medizinische Karrierefantasie war mit einem unfröhlichen Hinter-den-Busch-Kotzen beendet. Der Mensch in der Blutlache war nicht primär das, was ihm die Fassung raubte, sondern eine Bemerkung des Krankenwagenfahrers. Der meinte, es habe bestimmt ziemlich geknirscht bei jeder Bodendelle. Als Max später im Physiologiepraktikum Froschmuskeln präparieren und dafür die Frösche eigenhändig mit einer Art Miniguillotine vorbereiten sollte, hat er flugs eine Anti-Tierversuchs-Bewegung gegründet und war erfolgreich in der Reduzierung des Praktikums-stoffs. Er entwickelte sich stärker in die Richtung der Psychiater, solcher Ärzte, von denen es heißt, es seien die Mediziner, die kein Blut sehen können. Also musste er seine Mutter enttäuschen und folgte nur der spökenkiekerischen Heilerseite, die auch von ihr herkam.

Lottozahlen pendeln, Wünschelrutengehen, Runen-
legen, beherzt in menschliche Abgründe blicken und
menschliche Schwächen mit Röntgenblick erschließen,
das habe er von ihr übernommen. Ihre Heilkünste waren großartiges Placebohandwerk, wenn sie bei Fieber
sinnierte: »Wenn es noch ein bisschen steigt, heilt es
richtig.«Oder wenn sie Durchfall als Darmreinigung
und Bauchschmerzen als gesunde Esspause abtat. Unglücklich ist Max heute noch, dass sie auch auf eine Be-
gradigung seiner mäandrierenden Zähne keinen Wert
legte, da sie meinte, Gebiss sei etwas Individuelles. Inspiriert in ihrer eher passiven Medizin war sie von einem
Würzburger Stadtmedicus aus der väterlichen Linie um
1670, dem sie hellseherische und schamanische Quali-
täten zuschrieb. Es hieß, dass er sich geweigert haben
soll Kranke zu besuchen, denn wer nicht zu ihm kommen konnte, war nach seiner ärztlichen Ansicht eh dem
Tode geweiht. Wer es schafft, hat dann die schlimms-
ten Krankheiten schon zu Hause gelassen. Der Medi-
cus hat sich wohl vor Ausdünstungen und Pestilenz in
sein Ratsherrenmandat geflüchtet und mitgeholfen die
Würzburger Ratsweinbestände nicht zu sehr anwach-
sen zu lassen. Hierin folgte Max' Mutter dem Vorfahren gar nicht. Zu sehr hatte der Vater Kuno als abschre-
ckendes Beispiel nie gestillten Durstes gewirkt. Von der
Seite des Ratsherren aus Würzburg stammt der »poeta
laureatus«im Familienwappen. Da er als Ratsherr Wap-
penstifter und deshalb in der Wahl der Symbole frei
war, ist anzunehmen, dass er, wie bereits erwähnt, ein
Möchtegernpoet war, womit wir wieder bei der Erblinie
sind, die zu Max' außergewöhnlichen Gedichten führt.

Um nur ein Beispiel der hohen Dichtkunst zu geben, hier ein paar Zeilen des 15-jg. Poeten und späteren wissenschaftlichen Autors

Schwarze Sonne,
Mond nicht
Finger bleich
Auferstehung: Gleich
Im Taglicht
Wonne

Das war ein Ostergeschenk für eine Angebetete und wurde nicht gewürdigt. Nach etwa hundert Versuchen bei diversen Angesungenen hat er es das Dichten ganz gelassen. Gesammelt hat er seine Gedichte dennoch, aber wie erwähnt, in Kauf genommen, dass der Ofen die hehre Dichtkunst in Rauch aufgehen lässt. Ich habe die Poesie gerettet. Schön und zu Unrecht verkannt finde ich:

Punkt Komma Strich
Kein Mensch
Nur das wichtigste
Der Rest ist beliebig

Oder noch eins an eine spröde Angebetete:

Du
Icher als Ich
Keine Wirchance
Jeder bleibt bei sich

Auch die Prosaschriftstellerei ist bei ihm über schwierige wissenschaftliche Texte hinaus nichts geworden. Weil er so schwer verständlich schrieb, dachten die Kollegen wohl, er habe was ganz Besonderes zu sagen. Im laschen Umgang mit den eigenen Produkten und im schnellen Verzicht auf Nachruhm ist da vielleicht auch eine Erblinie auszumachen.

Es hat einen Vorfahren um 1800 gegeben, der sich in Reiseliteratur versucht hat und auf Goethes Spuren nach Italien gewallfahrt ist. Er ist als ärmlicher Hauslehrer und Hilfsbibliothekar in Innsbruck geendet, und das große Italienbuch-Manuskript diente irgendwann als Fidibus zum Pfeife anzünden, denn keiner wollte es haben, und er selbst war es auch leid. Auch Max' Diplomarbeit hätte so ein unrühmliches Ende fast geblüht, weil die erste Gattin, im tiefen Zerwürfnis mit ihm, seinen Schreibtisch aufgeräumt hatte und dabei auch entsorgte, was an der Seite auf dem Boden aufgestapelt war. Computer als Heimarbeitsgerät gab es noch nicht, also war alles weg, außer den statistischen Berechnungen, die im Zentralrechner der Uni wiederzubeschaffen waren. Nach drei Monaten Rekonstruktion war er wieder auf dem Stand. Sein früh trainiertes Gedächtnis – siehe Maria Stuart komplett auswendig im zarten Alter von fünf Jahren – half ungemein.

Als Kollege frage ich mich, warum er dann nicht Psychoanalytiker geworden ist? Angesichts solch aufwühlender Konflikte sollte man doch den Drang entwickeln, den Dingen auf den Grund zu gehen. Fast wäre er es auch geworden, aber psychoanalytische Lehrtherapeuten haben ihm geholfen, es zu lassen. Ihre autoritären Grundhaltungen, ihr beständiger Druck mit dem »argumentum ad personam«, nämlich der unseligen Neigung, jede Kritik mit einem Neurosevorwurf zu kontern, haben ihn befremdet. Das Verdikt, gegen seine »infantile Protesthaltung«nach einigen hundert Stunden auf der Couch noch ein paar hundert Stunden Analyse zur Nachreifung zu brauchen, haben ihn bewogen, die Konkurrenz Verhaltenstherapie zu wählen. Diese Disziplin war jung, war zwar in gewisser Hinsicht ungeheuer borniert und naiv empiriegläubig, aber sie war in rascher Entwicklung begriffen und die Feten waren auch besser als im konservativen Umfeld der Psychoanalyse. Verhaltenstherapie bot ein »wir schaffen das«-Versprechen und stemmte sich gegen den Kulturpessimismus der Psychoanalyse. Mit ihrem kritischen Menschenbild mögen die Psychoanalytiker vielleicht Recht behalten, das war ihm aber damals egal. Da er meiner verhaltenstherapeutischen Verankerung nicht ganz traut, betonte er in unseren Gesprächen immer wieder, dass er bis heute die Weisheit mancher Analytiker bewundere, ihre humanistische Haltung und ihre tiefgreifende Menschenkenntnis. Die meisten Schriften bewundere er aber nicht. Sein Vorwurf: Zu viel Worte, zu viel Differenzierung im Nebulösen, Realitätsverdoppelung durch Begriffsdifferenzierung. Immer sei das vom Urteil von Karl Kraus betroffen: Wiederfinden der selbst versteckten Ostereier. Karl Kraus hat an anderer Stelle gesagt, die Psychoanalyse sei die Krankheit, die sich für ihre Heilung hält. Auch ich konnte darüber herzhaft lachen. Max meinte auch ohne psychoanalytische Vereinszugehörigkeit weise und lebensklug geworden zu sein. Er behauptet, wer wie er viel erlebt hat und noch lebt, müsse per se weise, zumindest aber schlau sein. Dumm nur, dass das viele andere nicht so sehen und früher auch nicht so gesehen haben, obwohl die Weisheit bei ihm schon früh sichtbar war. Aber da wären wir bei einem ganz anderen Kapitel, der Borniertheit, Missgunst und Ignoranz unter Kolleginnen und Kollegen der gleichen Profession.

Familientherapeut ist er auch nicht geworden. Das ist angesichts der Wimmers vielleicht auch nachvollziehbar, weil lebenslang die Gefahr bestanden hätte, sich immer nur wieder an den eigenen Leuten mit ihren Macken abzuarbeiten.

Max meinte bei der Verhaltenstherapie ganz richtig gelandet zu sein. Am meisten freute ihn die Vermutung, dass man bei der Entwicklungsdynamik morgen immer schon eine andere Verhaltenstherapie als heute antreffen würde. Er beschreibt auch drastisch, dass sie einen großen Magen hat und nach und nach aufsaugen wird, was an den Konkurrenten nahrhaft ist.

Gegen Ende seines Psychologiestudiums war auch die Zeit, in der er sich der in seiner Ehe ständig lauernden Gefahren immer bewusster wurde, und es war die Zeit, in der er sich in die hübsche und aufmüpfige Praktikantin der Kindergruppe verliebte, die dann Jahre später Ehefrau Nummer zwei wurde.

Der berufliche Weg, der nun begann, passte sehr gut zu seiner infantilen Protesthaltung. Sein erster Chef trug neongrüne Strümpfe zu einem ebenso farbigen Hemd. Er war ein psychoanalytischer Dissident und abgesehen davon, dass er paranoid und narzisstisch war, imponierte er mit seinem Cäsarengehabe und gelegentlichen hellen Momenten. Einer dieser helleren Momente war – zum Ärger und Entsetzen seiner psychoanalytischen Mitarbeiter –, als er Max einstellte und Verhaltenstherapie förderte. Er tat das nach Max' Meinung nur, um seine psychoanalytischen Artgenossen in Panik zu versetzen. Panik zu verbreiten war neben dem Durchprobieren der Krankenschwestern in der Klinik das größte Vergnügen dieses Chefs. Die gute Zeit endete für Max dann, als der Chef sein Ausbeutergesicht zeigte und Max vom Lieblingsschüler zum Verfemten wurde, der auch noch die Frechheit besaß, sich der Grandiosität des Meisters zu entziehen, indem er wegging. Seinem neuen Chef schrieb der alte einen Brief, in dem er ihn beglückwünschte, dass er so eine Ratte abgeworben hätte. Immerhin hätte dieser Verräter bei ihm so viele Ideen mitbekommen, dass Max auch für das neue Institut etwas bringen würde. Max hat es ignoriert, musste aber noch seine Ehefrau Nummer zwei vor ihm retten, weil sie im Rahmen einer Arbeitsbeschaffungsmaßnahme in die Fänge dieses Chefs geraten war und nun für ihn stellvertretend gequält wurde. Er hat sie kurzerhand in die Schweiz importiert, wo es ihn hin verschlagen hatte. Die Berge und die gepflegte Küche hatten ihn gelockt. Kurios war nur, dass sie, so sehr sie auch die Berge und die gepflegte Küche mochte, dort nicht als Psychologin arbeiten durfte, ihr aber Putzstellen und Hilfspflegedienste im Spital angeboten wurden. Bei der Fremdenpolizei – die hieß wirklich so – verstand niemand, dass die Ehefrau eines gutverdienenden Unidozenten erwerbstätig sein wollte. Also hat man es ihr vergällt. Sie sind dann beide wieder weggezogen, weil sie zunehmend fanden, dass dieses wunderbare Land von den falschen Menschen bewohnt wird. Auf ein Wirken der stetigen Migration warten wollten sie nicht, zumal sie jeden Tag erleben konnten, dass die vernünftigen Schweizer in alle Welt zogen und die Einwanderer extrem schnell verschweizerten. So kamen ihre Kinder dann im Norden zur Welt. Dazu mehr in einem späteren Kapitel. Er hatte zwischendrin noch einen karriereförderlichen Aufenthalt in den USA absolviert, dort aber nach einigen Monaten die Zelte abgebrochen, weil er mit der ständigen Begeisterung für alles Mögliche nicht zurechtkam. Er meint heute, auf einen Haufen enthusiastischer Gesundbeter getroffen zu sein, die ihm mit plörrigem Kaffee, schlechtem Essen, Sex im Dunkeln und dauerndem »wow«das Leben vergällt hätten.

Wenn man verstehen will, wie er so geworden ist, wie er heute ist, ist es gut auf die Weggefährten zu gucken, die er geschätzt hat und von denen er auch etwas angenommen hat. Zunächst möchte ich auf einige Weggefährten, Freunde und Bekannte eingehen, soweit die Aufzeichnungen etwas hergeben. Einige habe ich auch kennengelernt, sodass ich Erinnerungslücken hilfsweise füllen kann. Die Interviews mit Max waren in der Hinsicht manchmal zäh, denn er meinte, die lebten alle noch und würden nicht so gerne so etwas über sich lesen. Rückfrage: »Was denn?«Antwort: »Na so einen Scheiß eben!«Darüber zu berichten habe ich nun weniger Hemmungen.

Weggefährten und Gefährte

Wenn man einn schalk will fangen/
so muß man ein schalk vor die lucken stellen.
(Altdeutsche Spruchweisheit)

D ie schon erwähnten Flüchtlingskinder aus den Baracken waren für Max herrliche Freunde in der Vorschulzeit. Es war eine reine Zu-Fuß-Zeit. Sie mussten rennen, wenn sie solche Attraktionen wie ein Suizidopfer auf den Bahnschienen oder den betrunkenen Nachbarn, der sich eingenässt hatte, erreichen wollten. Auch ich erinnere mich an diese Zeit vor der Schule lebhaft, allerdings kam ich immer zu spät und musste mit den Erzählungen vorlieb nehmen. Das hatte den Vorteil, dass die einzelnen Ereignisse dann längst prächtig ausgeschmückt und aufgeblasen zu echten Attraktionen gediehen waren. Dann die Schauplätze solcher Ereignisse aufzusuchen, war auch verspätet noch ein herrliches Gruselding.

In der Grundschule gab es dann für Max gute Kumpels, mit denen er das riskante Radfahren wie den Sport samt allen zugehörigen Verletzungen teilen konnte und auch sonst viel Unsinn machen konnte. Sie waren mobiler und folglich war die Reichweite ihres Unsinns auch größer. Auf den vielen Baustellen dieser Zeit gab es herrliche Spielmöglichkeiten. Sie mischten Zement an und zogen neue Wände oder deckten auch mal ein halbes Dach wieder ab, weil es ihnen im halbfertigen Haus zum Spielen zu dunkel erschien. Dieses Haus kenne ich, denn es war unser im Bau befindliches, dessen Schändung erhebliche polizeiliche Aktivität ausgelöst hatte. Ohne Erfolg, die Jungs waren zu schlau, zu schnell und geschickte Lügner.

Die Umtriebe der Gymnasialzeit habe ich schon beschrieben. Über die besonders netten Kameraden lohnt es sich nicht zu reden. Ich werde auch kein Wort über den einzigen prominenten Mitschüler und Nachbarn von Max verlieren, der als Fernsehliebling der Nation alle Schuljubiläen überstrahlte. Einige sind ihm durch den Wohnsitz in Kalifornien erspart geblieben. Max sind alle Jubiläen erspart geblieben, weil er sie mied wie der Teufel das Weihwasser.

Mit wachsender Reife sollte es bei ihm eigentlich besser werden. Mit dem Reifezeugnis allein wurde erstmal nichts besser. Vielmehr ist auch bei den Klassenkameraden die Reife verzögert gekommen. Zwei hätten es sogar noch in der Woche vor dem Abitur geschafft, sich betrunken totzufahren. Damit sind wir bei einem neuen Stadium der Mobilität angekommen. Der Ottomotor war in das Leben von Max und seinen Kumpels eingetreten.

Im Studium hatte sich eine besondere Truppe gesucht und gefunden. Er nennt sie Gefährten, weil diese Lebensphase sowohl mit Gefahr wie mit Fahren etwas zu tun hat. Ich glaube die Gründe der Gefährten für das Psychologiestudium waren genauso blödsinnig wie seine. Sein Freund Alf stellte sich mit einem Unfallfoto vor, wo er ein Auto so an einen Baum gesteuert hatte, dass es in der Mitte entzweibrach. Es war italienische Fertigung und das bedeutete damals in puncto Stabilität einiges. Immerhin war der Freund fast unverletzt der Autoruine entstiegen und konnte nun die schönen Polizeifotos zeigen. In die Psychologie hatte ihn Hass auf seinen Unternehmervater getrieben.

Freund Günther hatte einen nicht synchronisierten Fiat 500, bei dem er die Gänge nach Gehör hineinriss, ohne je Zwischengas zu geben. Aus Parklücken fuhr er nicht, sondern er wippte und hob mit Hilfe der Kumpels das Fahrzeug vorne heraus. Der Rückwärtsgang ging schon lange nicht mehr hinein. Das Gefährt gab beim rustikalen Schalten immer kurz ein Wimmern von sich und machte manchmal ruckend einen Satz, schien aber unverwüstlich. Bis er sich eines Tages endgültig von ihm trennen musste, als er plötzlich den Schalthebel lose in der Hand hielt und aus dem Getriebe ein gequälter Todesschrei drang. Die Verschrottungsgebühr zu zahlen kam nicht in Frage. Sorgfältig feilte er die Fahrgestellnummer heraus und versenkte die Karre dann mit Hilfe der Freunde in einem Baggersee. Da sie alle rauchten, fanden sie seinen Naturaschenbecher im neuen Auto köstlich. Es war ein VW der Käferfrühphase mit geteiltem Rückfenster. Da er durchgerostet war, konnte man zu Füßen einfach durchaschen, wenn man die abdeckende Fußmatte beiseiteschob. Bei Regen wurde nicht geraucht, da kam zu viel Feuchtigkeit von unten nach oben. Günter war in die Psychologie gekommen, weil er in der Mathematik meinte wahnsinnig zu werden. Konsequent hat er die Karriere nach seinem Diplom als Kneipwirt fortgesetzt.

Max selbst hatte seinen schon erwähnten Skoda-panzer, bis seine Ex einem Taxi die Vorfahrt nahm. Das Mercedestaxilein bot einen erbärmlichen Anblick nach der Begegnung mit tschechischem Stahl. Leider war auch die Oma im Taxi ein bisschen lädiert. Die Ex meinte, das Auto sei ein Unglücksauto, weil es fast eine Oma umgebracht hätte. Zwar war sie gefahren und nicht der Skoda selbst, aber sie trennten sich vom Panzer – er unter Tränen – und erstanden ebenfalls einen Alt-VW mit Naturaschenbecher. Dieser wurde nach baldigem Zusammenbruch von einem R 4 abgelöst, der sie bis Jugoslawien trug, um dann angesichts der Reparaturkünste der kroatischen Schrauber einem Infarkt zu erliegen. Die hatten die auslaufende Kühlerflüssigkeit mit etwas Abdichtendem im Kühler halten wollen. Das gelang für die restliche Flüssigkeit durchaus, nur hatten sie nichts nachgefüllt und der Motor hat die folgende Abdichtmittelmittel-Thrombose nicht überlebt. Am Autoput konnte man die Karre einfach stehen lassen, das war so und so ein Straßen-Autofriedhof auf dem Weg nach Griechenland. Das sah damals schon aus wie ein Menetekel des späteren Bürgerkriegs.

Heimwärts ging es trampend. Das konnte man in der Zeit noch fast ohne Gefahr. Die Ex vorne dran, und kaum biss einer an, brach er mit dem ganzen Gepäck aus dem Gebüsch. Mit Strahlen im Gesicht erzählt er, die Gesichter der enttäuschten Mitnehmer seien immer wieder köstlich anzusehen gewesen.

Im Studium gab es noch eine Menge netter Kumpels und Freundinnen. Sehr nachdrücklich ist ihm Philipp in Erinnerung geblieben, der in einer Villa bei der Großmama in der Ketzerbach in Marburg lebte. Er war in die Psychologie gekommen, weil er seinen zerstrittenen Eltern zu einem psychologischen Verständnis der toxischen Wirkung ihres Streits verhelfen wollte. Das ist ihm nicht gelungen. Immerhin hat er den Keil so erfolgreich angesetzt, dass sie sich endlich scheiden ließen. Später ist der dann Professor für Pädagogische Psychologie geworden. Lange Zeit sah es aber gar nicht danach aus. Die Lerngruppen bei ihm waren immer fröhlich und aufgeräumt und die Oma war so sympathisch. Sie lachte ständig und backte immerzu Kekse, die sie alle in Massen vertilgten. Sie verarbeitete darin die vom Enkel beschaffte exotische, vermutlich afghanische Backzutat, ohne je Verdacht zu schöpfen. So waren sie bei Tee und Keksen mit der Oma zusammen immer recht fröhlich, kriegten allerdings ihrer Albernheit wegen nichts so richtig auf die Kette.

Dagi darf keinesfalls vergessen werden, meint Max, weil sie eine Schönheit war und sich grandios durch das Studium gemogelt hat. Mit vollem Körpereinsatz holte sie sich die Noten, die sie zum Bestehen brauchte. Meine vorsichtige Anmerkung, ob das jetzt nicht sehr sexistisch formuliert wäre, weist er grinsend zurück, Gabi hätte ihren Körper auch hobbyweise ohne Notenerzielungsabsicht eingesetzt und für die Verführbarkeit von Professoren könne er nun mal gar nichts.

176

Lustig war in Max' Sicht auch Elfie, weil ihr Name trog. Eine unschuldige Elfe war sie keinesfalls, sondern sie betrog ihren deutlich älteren Mann nach Strich und Faden, bis der sich nach Marburg versetzen ließ. Da war sie dann so unter Kontrolle, dass sie sich mehr auf Sport und Tanz verlegte. Weil sie wohl eher im Matratzensport als im Tanz trainiert war, hat sie sich schon in der ersten Übungsstunde die Achillessehne geschlitzt. So was wurde damals noch gegipst. Ihr Mann reagierte fuchsteufelswild beim Betrachten der Männernamen all derer, die sich auf dem Gips verewigt hatten.

Ein besonderes Kaliber war Freund Atsche, der WG-Genosse seiner späteren zweiten Ehefrau. Vergeistigt, verquast intellektuell-germanistisch und radikal karrieregeil legte er wenig Wert auf die Qualität dessen, was er seinem Intellektuellenkörper an Kalorien zuführte. Neben Bier und Apfelkorn, die er bewusst wählte, nahm er sonst einfach alles zu sich, was man ihm hinstellte. Die Mitbewohnerin nutzte dies, indem sie ihm alle abgelaufenen Sachen überließ. Er schmeckte es nicht einmal, wenn sein Joghurt schon einen Bartflaum hatte. Max ist heute noch erstaunt, wie gut er das alles überstanden hat. Seine Frau legt Wert auf die Feststellung, dass dies keine Attentate waren, sondern dass dies der studentischen Armut geschuldet war und schließlich sei er Linguistikprofessor geworden, da könne die Ernährung so schädlich nicht gewesen sein.

Noch schlimmer dran war ein weiterer Freund von ihr, ein verkrachter Philosoph, der, um dem Alkohol nicht ganz zu erliegen, nur Apfelwein trank, davon allerdings 5–6 Liter am Tag, während er gleichzeitig über Heidegger und Hegel nachdachte und seine Magisterarbeit immer weiter verschob. Er hat sich dann zur Sicherung der Basisfinanzierung des Apfelweinnachschubs verheiratet. Mit seiner Frau, einer vergeistigten Germanistikdozentin, ist er in Kyoto/Japan gelandet, wo er auf Sake umsatteln musste. Heidegger durfte er aber treu bleiben, die Japaner haben ja ein Faible dafür.

Max war sehr froh, dass die Ehefrau keine Psychologenfreunde hatte, weil er meint, Irre in der eigenen Profession gebe es genug und es wäre o.k. nicht auch noch mit solchen befreundet sein zu müssen.

Gerne erinnert sich Max noch an ein Pärchen, das mit ihm im Assistentenjob an der Unipsychiatrie war. Beide waren so gepeinigt von der Vorstellung des unmittelbar bevorstehenden Atomkriegs, dass sie möglichst weit weg wollten von der zu erwartenden Kampfzone in Mitteleuropa. Sie kauften ein Cottage und ein paar Schafe auf den Falklands. Kaum hatten sie ihr neues Domizil 1982 bezogen, da waren sie ohne Dach, denn eine Granate der die Malvinas gegen die anrückenden Briten verteidigenden Argentinier hatte ihr Heim getroffen. Sie sind dann später wieder in das kriegsgefährdete Europa zurückgekehrt, getreu dem Motto: Schlimmer kann es nicht kommen.

Berufliche Weggefährten gibt es so viele, sie können gar nicht im Einzelnen gewürdigt werden. Neben entsetzlichen Langweilern und üblen Bürokraten gab es da fröhliche Zeitgenossen, ernste Wissenschaftler, kämpferische Standespolitiker und giftige Feinde. Die Feindschaft der letzteren rührte aus seiner mangelnden Linientreue, was manche Linientreue gerne mit religiösem Eifer und mit Feuer und Schwert bekämpften. Da er mit ein paar Gedanken seiner Zeit ein bisschen voraus war, schaut er heute gelassen drauf, wie Linientreue aber Denkverspätete nun Speiche für Speiche das Rad neu erfinden. Da das Branding heute in der Psychologie die wichtigste Disziplin ist, sind erstaunliche Packungsaufschriften zu registrieren. Max meint dazu nur: »Und in den Packungen ein paar alte Reiskörnchen und digital gut vorgewärmte Luft.«»Schön schütteln«, fügt er hinzu, »dann rattelt es richtig gut.«Nicht mehr seine Baustelle meint er und strebt hängemattenwärts!

Familie braucht Kinder
und Kindeskinder

Wenn Ehleut gleich am Joch ziehn wol/
so ist das Ehbett freuden voll.

Eyn kind so klein/ als ein Mauß/
macht einen zorn so groß als ein hauß.
(Altdeutsche Spruchweisheiten)

Familie ist eine Fortpflanzungsgemeinschaft. Sackgassen in der Hinsicht werden milde belächelt und als aussterbende Linien abgehakt. Bei Lebzeiten sind sie umzingelt von Erbschleichern. Nachdrücklich wird den noch Lebenden immer Exogamie (Blutauffrischung) empfohlen, bevor man zum letzten greift, zur Adoption, um das Aussterben abzuwehren. Gerne, so berichtet Max, wird hier bei Schützenfesten im Lande Hadeln auch angeboten einzuspringen, sollte der Fortpflanzungswunsch weiterhin bestehen.

Meinen Hinweis auf die Geburtenhäufung neun Monate nach Karnevalsende andernorts quittiert er mit einem Schulterzucken und dem Kommentar: »Analoga, immer gut in dieser digital-verrückten Zeit.«Bereitwillig erzählt Max von seinen umfassenden Erfahrungen, um dann aber hinzuzufügen, dass er nur einmal auf einem solchen Fest war und da auch nur kurz. Auch bei der Freiwilligen Feuerwehr habe er nur den Passivenbeitrag bezahlt. Er wollte immer durch besondere Achtsamkeit ihre Dienste überflüssig machen, da er ihrer Professionalität nicht traute. Er sah staunenden Auges, welche Mengen alkoholischer Getränke bei den Grillfesten der Feuerwehr auf dem Platz vor seinem Haus vertilgt wurden. Auch konnte er ihre wöchentlichen Übungen auf seinem Parkplatz bewundern. Das spornte ihn an, im Umgang mit Feuer vorsichtig zu sein, obwohl er mit seinen Kindern ständig irgendwie zündelte, Lagerfeuer abhielt und auch Experimente machte, die nicht koscher waren. So opferte er ein Kabel, das er an Strom angeschlossen in ein Wännchen mit Salzwasser fallen ließ. Der Schutzschalter war rausgedreht und im Wasser zeigte sich ein schöner gelber Natriumball. Der war so schön, dass er wochenlang Angst hatte, die Kids würden es nachmachen.

Als er einmal die Hilfe der Feuerwehr erbeten hatte, um einen für das Dach bedrohlich herüberragenden Eichenast zu kürzen, stürzten zwei Feuerwehrkameraden mit laufender Säge von der Leiter. Sie hatten die Aktion als Vorführung ihrer umfassenden Kompetenzen vor zahlreichen Dorfkindern zur Nachwuchswerbung geplant. Dabei versuchte einer sich noch im Fallen ein Bein abzuschneiden, was, Gott sei Dank meint Max, nicht ganz gelang. Bis der Rettungsdienst eintraf, musste er Handtücher auf die stark blutende Wunde drücken. Der Apfelkuchen vom laufenden Dorffest konnte ihn danach erstmal nicht locken. Und die Fragen der eigenen Kinder nach der Qualität der feuerwehrmännischen Arbeit mochte er nicht ehrlich beantworten. Er wurde nur noch achtsamer.

Womit wir wieder bei den Kindern sind. Das Exogamieprinzip zur Kinderproduktion ist nicht immer gut – aber Klassen überschreitend wenigstens erfolgreich. Alle europäischen Fürstenhäuser haben sich deshalb bürgerlich aufgefrischt. Das hat manchmal auch dem Erscheinungsbild sehr genutzt, allerdings auch viele Skandale provoziert. Die Dazugestoßenen ticken oft anders und lernen es manchmal gar nicht, den Stock im A., der ihnen abverlangt wird, zu lieben.

Max' Clan braucht das nicht erst zu lernen, muss kein Hofzeremoniell sprengen, muss keine Abkömmlinge wegen zweifelhafter Herkunft verdächtigen und sie in die Bulimie oder in Affären treiben. Im Allgemeinen essen bei den Wimmers alle, was sie wollen und eher zu viel als zu wenig. Affären gibt es auch, aber ohne Paparazzi-Verfolgung und ohne das Motiv Rache gegen Clanchefs und -chefinnen. Wie schon gesagt, sie haben keine Könige im Clan, wohl aber Prinzen und Prinzessinnen. Die Kinder sind einfach übermächtig und bestimmen die Richtung nach ihrer Bedürfnisskala. Wurde in der Kernfamilie von Max für jedes Kind einzeln gekocht und wenn – wie fast immer – Besucher da waren, auch für die individuell zubereitet, so hat doch jeder möglichst viel vom Teller des anderen stibitzt. Lebhaft hat ihn das an seine Internatszeit in einem evangelischen Internat erinnert, wo man mit einer Gabel in den gefalteten Händen betete, die unmittelbar nach dem Amen in der Wurstplatte einschlug, manchmal auch in noch nicht schlachtreife Nachbarhände. In seiner Familie wurde am Essen immer gemäkelt, so entstand eine stetige Entwicklung mit verworfenen und wiederkehrenden Moden. Sachen, die Renner waren, wurden Ladenhüter und vorher Geschmähtes war plötzlich gehypt.

Beide Kinder fragten ständig und kommentierten auch ständig. Auf einer Wanderung im Bayerischen Wald standen sie vor einer hölzernen Gedenktafel am Weg und rätselten. Er musste übersetzen. Der Originaltext:

Hier liegt der Bauer von Wendleiten,
er litt an einem Blasenleiden.
Er war schon immer ein schlechter Brunzer,
drum bett für ihn ein Vaterunser.

Max übersetzte, die Tochter schrie Iiiih, der Sohn lachte. Danach kommentierten beide: Wenn wir mal sterben, wollen wir so etwas nicht. Der Vater nickte zustimmend.

Tochter und Sohn unterschieden sich in ihren Präferenzen aber grundsätzlich: Tochter möglichst aufwendig zubereitet und bunt angerichtet, Sohn möglichst eiweißhaltig. Um alle diese Bedürfnisse zu befriedigen, hat er seine Karriere geopfert und hat Erziehungszeit genommen. Als er damit nur begrenzt erfolgreich war, ist er schnell wieder in den Beruf zurück. Die Kinder derweil haben ihr Leben gelebt und die Erwachsenen durften daran teilhaben. Er war gefragt als Zeremonienmeister mit der sonoren Stimme, wenn es mal wieder galt ein Haustier zu beerdigen. 21 kleine Hügel zierten den Garten mit unzähligen hauseigenen Maus- und Hamstertoten aber auch bereits verstorben gefundenen Meisen, Krähen und Maulwürfen. Sie alle kamen so zu einer würdigen Beerdigung. Einige der Burschen hat er, hungrig von einer Dienstfahrt nach Hause kommend, in der Gefriertruhe entdeckt. Sein Appetit schwand, als er sah, was dort für den Tierpräparator im Nachbardorf aufbewahrt war. Auch dem Kühlschrank war nicht immer zu trauen, denn die scheinbar verirrte Currytüte, die dort einmal lag, war kein Curry, sondern Nematoden zur Bekämpfung der Blumen mordenden Dickmaulrüsslerlarven und als Wurstwürze gänzlich ungeeignet. Der Geruch hielt ihn von der Verwendung ab. Einige der Kerlchen aus der Tiefkühltruhe sind ihm dann als Präparate in der Sammlung der Kids wiederbegegnet, und er musste dann für jedes eine Lebensgeschichte nachtragen. Die Kinder nahmen an, er sehe ihren toten Freunden ihr Schicksal an, und irgendwie ist ihm auch immer gelungen, eine plausible Geschichte bis zum verfrühten Ableben hinzuführen. Die Mutter war mehr gefragt, wenn es um die Trocknung von Tränen ging. Der Sohn war immer etwas robuster und zeigte schon früh Symptome seines späteren Arztberufes. Das heißt, er bemerkte meist trocken, dass hin nun mal hin ist und er nun Fußball spielen wolle, weil er noch nicht hin sei. Die Tochter fing ob dieser Herzlosigkeit meist erneut zu schluchzen an. So funktionierte dann die familiäre Arbeitsteilung: Die Mama tröstete und lockte mit Kakao und Keksen, Max spielte Fußball und erörterte Varianten halbhoch geschossener Elfmeter. Er ist sich sicher, dass so trotz seiner Kochtopfwirtschaft und des beruflichen Engagements der Mutter die Kids jede Menge Geschlechterstereotype übernommen haben. Er notiert beiläufig: »So kommen sie im Leben zurecht, ohne ständig im Kampfmodus zu funktionieren.«Und trotz der üblichen Baggerfahrer- und Pferdeflüsterergelüste sind beide solide Akademiker geworden, wohl auch weil sie früh rechnen gelernt haben. Das abschreckende Beispiel der Eltern mit ihrer teils brotlosen Kunst hat allerdings wenig reizvoll gewirkt. Beide wählten etwas Solides, nämlich mit Juristerei und Medizin die Fächer, die der Vater aus Torheit verschmäht hatte und beide strebten in die Forschung. Der kindliche Forscherdrang war allerdings vorerst auf dem Dorf auf das Naheliegende bezogen. Er wurde nicht nur von toten Tieren angeregt, sondern fand auch auf dem benachbarten Friedhof reiche Nahrung. Seit Jahrhunderten belegt, treiben im Marschenboden immer wieder Knochen nach oben, die von den Kindern gesammelt wurden. Wenn Max beim Bestimmen helfen sollte, kam er dieser Aufgabe nur nach, wenn die Kids einer anschließenden Wiederbeerdigung zustimmten. Heimlich wurden die Fundstücke dann nachts wieder in geweihter Erde verbuddelt. Max war froh, dass sie nicht im Nachbardorf lebten, wo der Grundwasserspiegel die Gräbertiefe überstieg. Er mochte sich gar nicht ausmalen, was die Kinder an schwimmenden Wachsleichenteilen fasziniert hätte. Dennoch bereiteten die Kinder trotz ihrer stressigen Vorlieben immer wieder Freude und Max betont, wie gut es sei, die Kinder zu haben.

So geht konsequent und erfolgreich weiter, was mal mit Lucy begann. Doch über die speziellen Nachwuchsstrategien der Wimmers gibt es noch einiges mehr zu sagen. Die Wimmers sind entweder über eine lange Spanne fruchtbar wie seine Eltern oder sie lassen sich Zeit wie seine Kinder. Alle Ersatzaktivitäten mit Hunden, Katzen, Meerschweinchen und Rennmäusen wiegen aber letztlich die Faszination selbstgemachter Kinder nicht auf. Der Glaube an die Eigenproduktivkräfte ist bei den Wimmers so stark, dass über die Generationen hinweg keine einzige Adoption zu finden ist. Auch ihre Problemkinder machen sie sich selbst. Es gibt dann immer einen oder eine mit unermüdlichem Fleiß und rastlosen Ehrgeiz, der eine Reihe gering Aktiver, dem Passiven zugeneigter Nächster mit sich schleppt. Max' Kernfamilie fällt etwas aus dem Rahmen, weil hier alle schuften. Ein großer Teil der Arbeit ist aber Beziehungsarbeit, die ökonomisch in ihrer Wirkung verpufft. Die Tochter steht hierfür beispielhaft. So schiebt sie erst einen Nichtsnutz durchs Abi, um dann einen anderen auf die Idee zu bringen, endlich von Mama wegzugehen und schließlich einen verkrachten Musiker aus Südamerika zu importieren. Allein der Kampf ums Visum für letzteren hat sie ein Lebensjahr gekostet, sodass die Dissertation eben etwas länger dauert. Dass die Diss sich mit den Rechten unterdrückter Indigener befasst, versteht sich dann fast von selbst. Und das nebenamtliche Betreiben einer Rettungslinie für geschundene Hunde aus Kuweit passt dazu. Die Mutter ist in der Hinsicht ebenfalls extrem, was die Lebensberatung für aussichtslose Fälle von Beziehungen anbetrifft. Glücklicherweise kann sie diese Hartnäckigkeit wenigstens teilweise auch beruflich einsetzen, sodass die Basisfinanzierung immer gesichert ist. Der Sohn war immer pragmatischer und hat früh kalkuliert, welches Jahreseinkommen er braucht und nur dafür Paukerei in Kauf genommen. Als Mediziner, der mit den Wirtschaftlichkeitsgeboten im Krankenhaus ringen muss, ist er so ganz richtig angekommen.

Etwas Tröstliches hat für Max auch, dass er keine Pastoren unter den Vorfahren gefunden hat, sodass er behaupten kann, dass das falsche evangelische Dauerlächeln als rituelle Aggressionsabwehr bei den Wimmers ebenso wenig vorkommt, wie die katholische Zurückhaltung in Sachen Wahrheit. Was das Katholische angeht, meint er, sind die Wimmers nicht nur historisch protestantisch belastet, sondern welche von ihnen wären auch grundsätzlich zum Zölibat nicht geeignet. Wahrscheinlich, meint er, wirkt bei den Wimmers noch das heidnische Erbe nach. Er selbst zeigt auch starke Sympathie für die alten Göttergestalten. Er argumentiert, was die Emotionen angeht, hätten die Wimmers von den alten Göttern gelernt: Sie platzen eher raus, als sich vornehm zurückzuhalten. Bei ihnen gibt es laute Töne, Grummeln, Knurren und Bellen. Das wird manchmal als bayerische Eigenart missverstanden und hat seine Bremer Schwiegermutter dazu gebracht, ihn insgeheim für einen unzivilisierten Barbaren und für eine Gefahr für ihre Tochter zu halten. Dabei knurrt und bellt ihre Tochter auch recht ordentlich, allerdings in akzentfreiem Hochdeutsch, und das mag den Unterschied ausmachen. Bei ihm dagegen, wenn er wütend wird, gehen alle P-T-Ks verloren und das Schimpfen klingt nach »Babbendeggel«und »Driebdäder«. Mit anderen Worten, aus hanseatischer Sicht ist bei dieser Regression aufs Fränkische dann eine Intelligenzabsenkung weit unter den Durchschnitt zu registrieren.

Alle Wimmers sammeln, allerdings kaum systematisch und meistens nur schlechte Erfahrungen. Einigermaßen ratlos steht Max vor einem Speicher voller einst schön gefundener Bilder und vor Wänden voll mit Büchern. Allerdings hilft hier das häufige Umziehen mit zunehmender Reduzierung der Quadratmeterzahl der jeweiligen Wohnsitze. Die notwendige Verkleinerung bewirkt Wunder und sei es auch ein Zurücklassen unter Tränen, ein Weggeben für ein schandbares Lau und ein Containerfüllen mit Todesverachtung.

Nun, in Vorbereitung des kommenden Umzugs läuft die Reduziermaschinerie an. Munteres Weggeben und absolutes Flohmarkt-Besuchsverbot sind angesagt. Für Sachen der Kinder besteht ein Parkverbot, an das sich allerdings niemand hält. Der Umzug mit Verkleinerung nimmt Gestalt an, wenngleich Max sich schon einmal prophylaktisch nach den Tarifen für Lagercontainer erkundigt hat.

Nach dem Umzug freut er sich schon auf die anschließenden Telefonate mit den Geschwistern, die sich beschweren werden, weil ihre Post an ihn zurückkommt. Während sie nach ihrer früheren Reisewut vorwiegend ortsfest sind und sich gar nicht vorstellen können, dass man eine neue Heimatadresse haben könnte, ziehe er alle fünf Jahre um. Er beteuert, er teile jedesmal den Geschwistern die neue Adresse dreimal mit und nehme dann geduldig ihre Reklamationen wegen zurückgekommener Post und nicht erfolgter Nachsendung entgegen. Mal schauen, wie es diesmal läuft. Wir bleiben in Kontakt, und er will mir berichten!

Verzögerungen
und anderes Unheil

Mancher kann eyner lauß Stelzen machen/
und weiß seyn eigen sach nit zu rathen.
(Altdeutsche Spruchweisheit)

Ein bemerkenswerter Anruf hat mich soeben erreicht. Max grummelt und will mich teilhaben lassen an seiner Grummelstimmung. Er beginnt mit dem Berliner Stadtschloss und schreitet fort zum Haupstadtflughafen und zu Stuttgart 21. Ich weiß nicht, was er will, bis er rausrückt: »Und nun bei uns!«Hat doch tatsächlich der Brandschutz zu einer Bauverzögerung bei dem Vorhaben der Baugemeinschaft geführt. Da er auf dem Land alle Zelte abgebrochen hat, haust er nun in einer studentischen WG und denkt drüber nach, doch lieber gleich in die Palliativstation zu ziehen, obwohl ihm dafür die entscheidenden Gebrechen fehlen oder vielleicht doch noch einen Brandschutzexperten zu ermorden, er weiß aber, dass das kurzfristig keinen Wohnraum schafft. Die Gattin wohnt vergleichsweise komfortabel auf der Couch der Tochter. Er selbst meint wenigstens gelegentlich eine Türe zwischen sich und der Menschheit zu brauchen und hat, das Overcrowding bei der Tochter fürchtend, eine eigene Zwischenbleibe gesucht. Fürsorglich hat die Tochter angeboten, Prozesse gegen die Bauverzögerer zu führen, er hat aber abgewinkt und nur resignierend auf die Strukturen der Freien und Hansestadt Hamburg hingewiesen. Da der Bürgermeister die Hafencity zur Senatssache erklärt und der Zuständigkeit des Bezirkes Mitte entzogen hatte, hat dieser Bezirk lange auf Rache gewartet. Nun praktiziert er sie kühl. Die Brandschutzexperten der senatorischen Baubehörde hatten unvorsichtigerweise die vom Bezirk nicht gefragt. Als die oberen ihr O.K. gegeben hatten, haben die vom Bezirk sich mit einem Veto gemeldet – unter Hinweis auf den Schutz von Gesundheit und Leben der Bewohner. Da Brandschutz eine außerordentlich komplexe Angelegenheit ist, dauert das ganze länger. Max hat das beste aus dem Drama gemacht, er schreibt eine neue Weihnachtsgeschichte, diesmal über Bauen in Deutschland und plant einen zweiten Band über Digitalisierung in Deutschland. Die Arbeitstitel der beiden Werke lauten auf die Landesbezeichnung »Schland«. Ein Schuft, wer Böses dabei denkt! Da er in der WG nicht ungestört schreiben kann, zieht er jeden Tag ins Literaturhaus, wo er sich wie ein richtiger Schriftsteller fühlt. Er hat zwischendrin sogar wieder erwogen Gedichte zu schreiben. Er wollte mir ein Beispiel für neue Gedichtideen geben, da musste ich dringend ein Gespräch auf der anderen Leitung annehmen. Ich kann nur hoffen, dass er sich das alles nochmal überlegt. Er wird mir sicher berichten, und ich hoffe immer noch, nicht eines Tages vom fremdverschuldeten Ableben eines Brandschutzexperten lesen zu müssen.